よろず占い処 陰陽屋きつね夜話

天野頌子

ポプラ文庫ピュアフル

もくじ

よろず占い処

陰陽屋きつね夜話

◆登場人物一覧◆

安倍祥明《あべのしょうめい》　陰陽屋の店主。陰陽屋をひらく前はクラブドルチェのホストだった。
沢崎瞬太《さわざきしゅんた》　陰陽屋のアルバイト店員。実は化けギツネ。

沢崎みどり　瞬太の母。王子稲荷神社で瞬太を拾い、育てている。看護師。
沢崎吾郎《ごろう》　瞬太の父。勤務先が倒産して主夫に。趣味と実益を兼ねてガンプラを製作。
沢崎初江《はつえ》　吾郎の母。谷中で三味線教室をひらいている。
小野寺瑠海《おのでらるみ》　みどりの姪。気仙沼在住。
斎藤伸一《さいとうしんいち》　瑠海の同級生。
久保駿平《くぼしゅんぺい》　伸一の親友でバスケ仲間。

安倍優貴子《あべゆきこ》　祥明の母。息子を溺愛するあまり暴走ぎみ。
安倍憲顕《のりあき》　祥明の父。学者。蔵書に目がくらんで安倍家の婿養子に入った。
安倍柊一郎《しゅういちろう》　優貴子の父。学者。やはり婿養子。学生時代、化けギツネの友人がいた。

山科春記《やましなはるき》　優貴子の従弟。主に妖怪を研究している学者。別名「妖怪博士」。
山科蜜子《みつこ》　春記の母で優貴子の伯母。美魔女。
山科宣直《のぶなお》　春記の父で蜜子の夫。

槙原秀行《まきはらひでゆき》　祥明の幼なじみ。コンビニでアルバイトをしつつ柔道を教えている。

高坂史尋《こうさかふみひろ》　瞬太の友人。通称「委員長」。
江本直希《えもとなおき》　瞬太の友人。自称恋愛スペシャリスト。
岡島航平《おかじまこうへい》　瞬太の友人。ラーメン通。
三井《みつい》春菜《はるな》　瞬太の友人で片想いの相手。祥明に片想い。
倉橋怜《くらはしれい》　瞬太の友人で三井の親友。
仲条律子《なかじょうりつこ》　陰陽屋の常連客。通称「プリンのばあちゃん」。
仲条杏子《きょうこ》　律子の娘。舞台女優。

月村颯子《つきむらさつこ》　化けギツネの中の化けギツネ。別名キャスリーン。優貴子の旅行友だち。

月村佳《か》流《る》穂《ほ》　颯子の娘。飛鳥高校の食堂で働いていた。通称「さすらいのラーメン職人山田さん」。

葵呉羽《あおいくれは》　颯子の姪で瞬太の生みの母。瞬太を王子稲荷の境内に託した。

葛城《かつらぎ》小《こ》志《し》郎《ろう》　クラブドルチェのバーテンダー。実は化けギツネ。葛城燐太郎の弟。

葛城燐《りん》太《た》郎《ろう》　葛城小志郎の兄で瞬太の実の父。月村颯子に仕えていたが十九年前に死亡。

鈴村恒晴《すずむらつねはる》　山科春記の助手。葛城燐太郎の親友で、燐太郎の死後、呉羽と結婚。

雅人《まさと》　クラブドルチェの元ナンバーワンホスト。現在はフロアマネージャー。

燐《りん》　クラブドルチェの現在のナンバーワンホスト。王子さまキャラ。

朔夜《さくや》　クラブドルチェのホスト。執事キャラ。

武斗《たけと》　クラブドルチェのホスト。スポーツマンキャラ。

綺羅《きら》　クラブドルチェのホスト。小悪魔系美少年キャラ。

第一夜

シャンパン・シャワーの夜

東京都北区王子《きたおうじ》の森下通《もりしたどお》り商店街に、陰陽屋《おんみょうや》といういっぷうかわった店がある。

通りにだされた黒い看板のお品書きは、占い、祈禱《きとう》、お祓《はら》い、霊障相談《れいしょうそうだん》など。

つまりここは、陰陽師《おんみょうじ》の店なのだ。

地下にある狭い店内には、太陽の光がさしこまないので、日がな一日、ほの暗い。

店の奥にあるテーブル席では、三人の男たちが蠟燭《ろうそく》のゆらゆらゆれる灯りをかこんでいた。

「世にもおぞましい話だが、本当に聞く覚悟はできているのか？」

顔の前で長い指を組み、よく通る、低く美しい声で尋ねたのは、店主の安倍祥明《あべのしょうめい》だ。

白い狩衣《かりぎぬ》、藍青《らんせい》の指貫《さしぬき》、つややかな長い黒髪。

銀縁の眼鏡さえかけていなければ、漫画やゲームに登場する平安時代の陰陽師そのものである。

祥明の視線の先に緊張した面持ちで腰をおろしているのは、牛若丸《うしわかまる》のような童水干《わらべすいかん》姿の化けギツネ、沢崎瞬太《さわざきしゅんた》だ。

三角の耳は早くも恐怖で後ろに伏せ、ふさふさの尻尾はせわしなく左右にゆれている。

「そ……そんなに、すごかったの？」

瞬太がうわずった声で尋ねると、隣の葛城《かつらぎ》小志郎《こしろう》も、重々しくうなずいた。

葛城はいつもの黒スーツに、黒のサングラスである。

「やめておくなら今のうちですよ、瞬太さん」

「ぐっ」

ふさふさの尻尾が激しく左右にゆれ、持ち主の動揺をあらわしている。

「どうする？」

「だ、大丈夫だ、祥明。聞かせてくれ」

瞬太はごくりと生唾をのみこんだ。

「いいんだな」

祥明はすっと目を細め、低い声で語りはじめた。

「あれは、おれがまだ大学院の修士課程に在籍していた頃にさかのぼる……」

一

母、安倍優貴子《あべゆきこ》がパインジュースをぶちまけてパソコンをだめにした夜。

もう何もかも限界だ。

おれは最低限必要な着替えと本だけを旅行カバンにつめこんで、国立《くにたち》の家をでた。


思えばこれまでも母は数々の悪行をはたらいてきた。

おれが熱中していたゲームのメモリーカードを破壊したこと。

おれがつきあっていた女の子に、オモチャのゴキブリ入りチョコレートケーキをだしたこと。

一番赦《ゆる》しがたいのは、愛犬のジョンをこっそり捨ててしまったことだ。

飼い犬を遺棄するなんて、今なら立派な犯罪行為である。

それでも我慢してきたのは、修士論文を書き上げるのに、どうしても祖父、安倍柊一郎《しゅういちろう》の蔵書が必要だったからだ。

だが修士論文がパソコンごとだめになってしまった今、もはや家にいる理由はない。先祖代々学者の家に生まれ、自分も幼い頃から本に囲まれて育ったせいか、当然のように学問の道をすすんでいたが、もう無理だ。

研究をやめ、大学院をやめ、母のいない場所で気ままに生きていこう。


しかし問題は、金がなかったことだ。

自慢ではないが、今も昔も貯金はない。

もちろんホテルに泊まる金などないので、知り合いのマンションやアパートを転々とすることになった。

塾の講師や家庭教師でちょっとずつ稼ぎ、その日暮らしを続けること五年。

とうとう泊めてくれる知り合いもいなくなり、六本木《ろっぽんぎ》にある二十四時間営業のマクドナルドで夜明かしすることになった。

三日目の夜があけた頃、いかにもはぶりの良さそうな三十才前後の男が、おれの隣に腰をおろした。

白いスーツに紫のシャツ、首や指にはダークシルバーのアクセサリーをつけている。

かっちりとスタイリングされた髪に、ととのった顔立ち。

首筋からほのかに、さわやかな柑橘《かんきつ》系の香りがする。

およそ早朝のハンバーガーショップには似つかわしくない派手さだが、ちゃらちゃらした印象をうけないのは、目力《めぢから》のせいだろう。

「おまえ、昨日もおとといも、この店でハンバーガーを食べてただろう。もしかしてここで夜明かししてるのか？」

いきなりのぶしつけな質問に、おれはとまどった。

何なんだ、この男。

たしかにその通りだが、なぜそんなことをきく？

おれが答える前に、男はニヤリと不敵な笑みをうかべた。

「金がないのなら、ホストをやってみないか？」

男はいきなり、おれのあごをつかんで顔を近よせる。

「寮費は無料《ただ》、まかないつきだ。おまえの顔なら、すぐに稼げるようになる」

「やります」

おれは即答した。

二

おれが連れていかれたのは、雑居ビルの地下にある、クラブドルチェという店だった。

営業時間外だったので、客はいなかったが、それでも薄暗がりにひろがる甘い香りと、淡い間接照明は、深夜のはなやかさを感じさせるに十分だ。

「雅人《まさと》さん、その方は？」

カウンターでグラスをみがいていたバーテンダーらしき男が、白スーツの男に尋ねた。

「新人だ。あとでオーナーには話を通しておく」

「新人!?」

雅人さんのいい声を聞きつけて、若い男がわらわらと三人、ロッカールームからでてくる。

全員ホストなのだろう。

黒いスーツに派手なネクタイ。ピアスや指輪などのアクセサリーに、きっちり整えた髪。

なにより、それぞれタイプは違うが、みなハンサムな青年である。

「雅人さんの知り合い？」

「いや、今、そこのマクドナルドで拾ってきた」

「拾ったの？　ずいぶん大きな仔犬だね。しかもすごいハンサム。僕は綺羅《きら》だよ、よろしくね」

綺羅は小悪魔のようなあざとかわいい笑みとともに、右手をさしだしてきた。

少年めいた顔立ちに、きゃしゃな体格の綺羅は、高校生にしか見えないが、ホストクラブで働いているということは、二十才以上なのだろう。

「私は朔夜《さくや》です。よろしくお願いします」

眼鏡をかけた朔夜は、右手を胸にあて、執事のような礼儀正しいお辞儀をする。

百年前の英国紳士を思わせるクラシカルなダブルの黒スーツだが、燕尾服を着たら、さぞかし似合うことだろう。

「おれは武斗《たけと》。よろしくな！」

武斗はニカッと白い歯を見せて、さわやかな笑みをうかべた。

ひとりだけネクタイをゆるめ、鎖骨を見せている。

肩幅も広く、ホストにしては胸板も厚いスポーツマン体形だ。

「燐《りん》はアフターか？」

「うん。お客さんとご飯に行ったあと、カラオケをはしごしているみたい」

雅人さんの問いに、綺羅が答えた。

「じゃあ新入り」

「安倍祥明《ヨシアキ》です。よろしくお願いします」

おれは普通に挨拶したつもりだったが、ホストたちはみな、とまどったような顔をする。

「そうか。名前を決めないとな」

綺羅も朔夜も、いわゆる源氏名《げんじな》なのだ。

「本名がだめという決まりはないんだが、ヨシアキだとちょっとかたいな。どういう字だ？」

「ヨシは瑞祥《ずいしょう》のショウで、アキは明るい、です」

「なら、祥の字をとって、ショウでどうだ？」

雅人さんの提案に、おれはうなずいた。

「何でも」

「じゃあショウで決まりだ。今夜はおれのヘルプについて、ホストの仕事を見て覚えろ」

「今夜ですか？」

おれは困り顔できさかえした。

「何か問題あるか？」

「服がありません」

どうやらこの店のホストはスーツの着用が必須のようだが、おれのカバンには冠婚葬祭用の礼服すら入っていないのだ。

もちろん、新しい服を買う金などない。

「服かぁ。カジュアルな服でもいいっていう店もあるんだけど、うちはオーナーの趣味で、スーツにネクタイって決まってるんだよな」

武斗が困り顔で言うと、雅人さんが肩をすくめた。

「おれのをやるよ。どうせ黒はほとんど着ないし」

たまたまおれは雅人さんと似たような体形だったので、気前よくホスト用の黒スーツとシャツを譲ってくれることになった。

クラブドルチェの絶対的ナンバーワンホストである雅人さんは、いつも白スーツなので、何かイベントでもない限り、黒スーツは出番がないのだ。

ロッカールームで着替えてみると、雅人さんがくれた服は、つやつやと光沢がある布地で仕立てられており、やたら派手な上に着心地がいい。

おそらく高価なものなのだろう。

「いいなぁショウさん、すごく似合ってるよ！」

綺羅がうらやましそうに言う。

「そうかな」

おれは、鏡の中の自分にむかって首をかしげた。

こうして黒スーツに身を包むと、ホストに見えないこともないから不思議だ。

慣れない接客業だが、まあ、なんとかなるだろう。

三

おれは最初、ホストなんてお客さんと酒を飲んで、適当に話をあわせていればいいんだろうとたかをくくっていた。

だが、そんな甘い世界のはずもなく。

まずはお酒の作り方とつぎ方がなってないと雅人さんに叱られ、特訓をうけるところからはじまった。

「ワインボトルは必ずラベルを上に持つ！　グラスになみなみとつがない！　グラスにそそぐタイミングが早すぎる！　遅すぎる！　お客さまのペースをよく見極めろ！」

雅人さんは派手な見かけとちがい、実はまさかの体育会系で、容赦なく叱りつけてくる。

ワインの次は焼酎の水割り、お湯割り、ソーダ割り、そしてロックの作り方。

一番面倒だったのはウイスキーだ。

お湯割りがホットウイスキーなのはいいとして、常温の水で割るのはトワイスアップとよぶ。

ここでややこしいのが、水割りの注文が入った時は、ウイスキーの倍量の水と氷を入れるということだ。同量の水の時はハーフロック、氷のみの場合がオン・ザ・ロックス。他にもウイスキーフロート、ミスト、ハイボールなどがある。かんべんしてくれ。

だが幸い、おれには生まれついての記憶力という武器があったため、あまたの酒の作り方はほぼ初日にマスターしたのである。


クラブドルチェの閉店時間は、一応、午前〇時なのだが、お客さんをひとりひとり順番にお見送りしているうちに、結局、一時近くになってしまった。

ようやく最後のお客さんと、アフターでご指名の雅人さんをおくりだした時には、おれはもうくたくただった。

燐と朔夜もそれぞれお客さんと出かけていき、残ったホストやスタッフたちで閉店後のミーティングがおこなわれるという。

「今夜はだめだったな……」

「僕はご指名をいただいたよ」

などと武斗と綺羅がそわそわしているので、なにごとかと思ったら、早くも今夜の売り上げの集計結果が発表された。

「今夜もご指名、売り上げともに一位は雅人。売り上げ金額は……」

フロアマネージャーが具体的な数字を読み上げていくのを、みんな当然のように聞いている。

一位の雅人と二位の燐の間にはかなりの差があるが、そこから先はどんぐりの背比べだ。

「今夜は三位が朔夜、四位が綺羅、五位が武斗だ」

「やった、四位だ！」

「くは、最下位か。明日は営業メール頑張るぜ」

綺羅が胸をはり、武斗が頭をかかえる。

その夜のうちに結果がでるなんて、すごい世界だ。

論文を一本書くのに何年もかかることがある学問の世界とは、大違いである。

「ショウはまだ固定給だけど、指名が入ったら給料に上乗せされるから頑張って」

「はい」

正直、今はまだ指名を狙うどころではないが。

「じゃあみんな、お待ちかねの夜食タイムだ！」

かけ声とともに、調理場のスタッフが、おにぎりや唐揚げ、フルーツの盛り合わせなどを運んできてくれた。

ドルチェでは開店前と閉店後、二回もまかないがでるのだという。

「雅人がオーナーに頼んでくれたんだよ。みんな営業時間中は食事をとる時間がないからって」

フロアマネージャーが嬉しそうに言う。

「じゃあアフターの指名が入ったら、夜食にありつけないんですか？」

「そこはお客さんと食べに行けばいいんじゃない？」

「なるほど」

ホストクラブは風営法の規制にひっかかるので、午前〇時閉店が原則だが、焼き肉店やカラオケボックスは朝まで営業しているところもあるのだ。

さすが六本木である。

おれたちアフターが入らなかったホスト組は、夜食の後、調理スタッフたちと一緒に掃除をして、夜が明ける頃に店をでた。

白い月が残るブルーグレーの空が清々しい。

寮は店から歩いて十分ほどの、普通のマンションだった。

雅人さんはとっくに寮を卒業しており、現在は燐と朔夜、綺羅と武斗がそれぞれ二人部屋に入っているのだという。

「ここが僕たちの部屋だよ」

綺羅がドアをあけてくれた。

十畳近くある広めのワンルームで、ベッドが両端に置かれている。

「新人はみんなこの部屋のソファベッドでスタートすることになってるんだけど、ショウさんは背が高いから足がはみだしちゃうかな。床にする？」

綺羅が小悪魔の笑みをうかべる。

「眠れれば何でもかまわないが、今どき相部屋なんて、学生寮みたいだな」

「昔はもっと狭いワンルームのひとり部屋だったんだけど、お客さんを連れ込んだ奴がいたせいで、二人部屋に変更になったんだってさ」

　武斗が苦笑いで教えてくれた。

「ショウはすごくもてそうだけど、ドルチェはお客さんとの恋愛は厳禁だから気をつけろよ」

「そうなのか」

「すべてのお客さんを平等に愛せっていうのが雅人さんのポリシーなんだ。結婚する時はドルチェをやめる時ってね」

　まるでアイドル並みの厳しさである。

　風呂の順番はその日の売り上げ順だが、朝食やごみ出しは売り上げに関係なく週がわりの当番制など、いろいろこまかいルールがあったが、どれもかつて雅人さんが決めたことらしい。

　ちなみにベッドも月間売り上げの順位で選べるのだそうだ。

「固定給だけだと外食もままならないから、まずはヘルプで指名をもらえるようになるのが目標かな。最低限、お客さんの名前とお酒の好みは覚えないと。名前がわからない時は、姫でいいんだけど、やっぱり名前よんだ方が喜ばれるから」

「雅人さんはあんなにお客さんいっぱいいるのに、全部覚えてるっぽいよ。おれは全然覚えられないから、こっそりロッカールームでメモしてるけどね」

「実はトイレでメモをとってるとか？」

「雅人さんは忙しくてトイレに行く時間もないよ」

「そういえば今日もトイレに立ったのは一回だけだったな……」

「だろ？　アクセサリーをかえにロッカールームに一瞬よることはあるけどね」

指輪やカフス、ネクタイピンなどのアクセサリーをプレゼントしてくれたことのあるお客さんが来店すると、すかさずその人にもらったものにつけかえるのだという。

「面倒くさそうだなって思った？」

「まあ……」

どうやらおれは顔にだしてしまったようだ。

だが綺羅は不心得な新人をたしなめるどころか、クスッと笑った。

「僕もだよ。でも財力がある大人のお客さんはたいてい雅人さんががっちりつかんでいて、僕たちにはまわってこないから、心配する必要はないのさ。安心して」

「そうそう」

綺羅と武斗は特に悔しそうなそぶりも見せず、けらけら笑っている。

とにかく雅人さんがドルチェでは不動のナンバーワンで、別格の存在なのだ。

雅人さんがいる限りドルチェは安泰だという安心感から、ここのホストたちは自分こそナンバーワンにのしあがってやるという野心に欠けるかわりに、和気あいあいとしているのだろう。

昼すぎまでぐっすり眠った後は、隣の部屋の朔夜が新作のフレンチトーストを持ってきてくれたし、出勤前には武斗が髪と眉をととのえてくれて、シャツとネクタイは綺羅がコーディネートしてくれたのである。


二日目、三日目もクラブドルチェでの厳しい特訓は続いた。

そして四日目には、雅人さんや他のホストたちが、お客さんたちと話したり、歌ったりで盛り上がっている間、相づちをうちながらお酒を足し、灰皿やおしぼりをかえるくらいのことはこなせるようになった。

これでヘルプとしてはまずまずだろう、と、思ったのもつかのま。

「次、ホストコールの練習な」

ホストコールというのは、ルイやドンペリなどの高価な酒をお客さんがボトルで入れてくれた時、ホストたちが一斉に声をあわせて、のりの良いかけ声をかけるという、ホストクラブ独特の文化だ。

かけ声は店によって違うのだが、幸いドルチェではシャンパンコールと飲めコールの二種類だけだったので、短期間で習得することができた。

むしろシャンパンタワーを手早く美しく積み上げる練習の方が大変だった。

決して無器用ではないはずなのだが、少しでもグラスがずれると容赦なく雅人さんに叱責されるのだ。

寮の部屋で、武斗と綺羅が「心配しないでも、何回も積んでいるうちに慣れるから」となぐさめてくれた。

しかし見るからに器用そうな綺羅はともかく、武斗の高速積み上げは驚きである。

本人は上腕二頭筋をきたえているからだと自慢していたが、たぶん違う。

そんな特訓の日々をへて、ようやくおれは単独でヘルプをまかされることになった。

ナンバーワンホストである雅人さんには、当然ながら、一晩に何人もの指名が入る。

そこで雅人さんは、いくつものテーブルを順番にまわっていくことになるのだが、順番待ちのお客さんの話し相手をするのもヘルプの仕事なのだ。

雅人さんのお客さんは、若いホステスからセレブな老婦人まで幅広い。

武斗たちが言っていたように、雅人さんはすべてのお客さんの名前と酒の好みを覚えている。

その上、半年ぶりに来店したお客さんと前回何の話をしたかもちゃんと思い出せるし、初めてのお客さんでも、必ず盛り上がる話題をみつけだし、楽しませることができるのだ。

まさに天性のホストである。

しかしおれは、大学の教官くらいしか中高年女性とは接点がなかったので、何を話せばいいのかわからない。

そもそも共通の話題がないのだ。

美容師のように「今日は仕事はお休みですか？」などと尋ねられれば楽なのだが、仕事と年齢についてはこちらからは一切ふれるなと厳しく言われている。

あたりさわりのないところで「素敵なお召し物ですね」と言ってみたものの「あらわかる？　これはFOXEYの新作で、着心地も最高なのよ」と返されたらもう続かない。

ブランド名がわからないのだ。

ここでまた雅人さんに厳しく叱られる。

「女性に人気のあるドラマ、映画、小説、漫画、アイドル、スポーツは一通りチェックしておけ。女性週刊誌も忘れずにな。ゴシップはもちろん、ダイエットと病気話も盛り上がるぞ」

「そんなに⁉」

これにはまいった。

ドラマや映画は、倍速で見たとしても、それなりに時間がかかる。

漫画や小説だって、ななめ読みするだけでもかなり大変だ。

しかし単独でヘルプをこなせないようでは、ホストとして指名をもらえるようにはならない。

指名料が入らないと、いつまでも貧乏暮らしのままだ。

年収一億ごえのスーパーホストをめざすつもりなど毛頭ないが、せめて、本を自由に買えるくらいの収入は確保したい。

どうしたものだろう。

おれが三人部屋のソファベッドで暗い顔をしていたら、武斗がなぐさめてくれた。

「雅人さんみたいに全分野をカバーできるのが理想だけど、なかなかそうはいかないよな。おれなんか、そもそも文章を読むのが苦手だし」

「じゃあお客さんとの会話はどうしてるんだ？」

「子供の頃から漫画は大好きだったから、基本、漫画の話でおしきってるよ。恋愛ドラマが好きなお客さんには恋愛漫画ネタをふるし、ホラー映画が好きなお客さんには、あのホラー漫画読んだ？ってさりげなくすりかえる感じで。漫画なら今連載中の最新作から古典名作少女漫画まで、どの世代でも対応できる自信がある」

武斗は得意ジャンルの話題にお客さんを誘導しているようだ。

「古典名作少女漫画か。『ベルサイユのばら』くらいなら知っているが」

「『ベルばら』はもちろん基本中の基本として、さらに、『ガラスの城』や『星のたてごと』まで読んでないと、六十代のマダムたちと盛り上がれないよ」

「なるほど」

どちらも聞いたことすらないが、武斗のこのくちぶりだと、かなりの古典名作なのだろう。

わたなべまさこ先生と牧美也子先生が描いていた頃の『りぼん』の話ができたら、高得点まちがいなしだ、と、武斗は言うが、この域にまで到達するのは大変そうだ。

「古典名作か。『諸国百物語』や『今昔物語集』ならおれも得意だが……」

「そんな漫画あったっけ？　小説？　あんまりマニアックすぎるとお客さんがついてこられないよ」

「そうだな」

「漫画を全然読んだことがないっていうお客さんも、たまにいるから、そういう時は、ドラマかスポーツの話をするかな」

メインジャンルが通用しなかった時に備えて、第二ジャンル、第三ジャンルも用意しておかねばならないのか。

面倒くさいが、全ジャンルを広く浅くフォローするよりはましなのかもしれない。

ちょうどそこへ、隣の部屋の朔夜が、パンプディングを試食してくれと持ってきた。

執事修業の一環としてはじめた、英国菓子作りに最近はまっているのだという。

「私もホストになりたての頃は、なかなかお客さんとの会話がはずまなくて苦戦しましたが、幸い簡単な手品《マジック》がいくつかできたので、それでつないでいました。執事キャラが確立してからは、美味しい紅茶の入れ方や、英国文化について、日々、勉強しています。王室スキャンダル情報《ネタ》も盛り上がりますね」

朔夜は意外な特技の持ち主だった。

「なるほど、手品か」

「ショウさん、手品の経験はありますか？」

「いやまったく。でも練習すれば……」

「うーん、今から手品の練習をするくらいなら、女性に人気のある映画を十本見た方がいいですね」

気の毒そうに、だがきっぱりと朔夜に却下された。

「そうか……」

「そうだ、ショウさん、大学院に行ってたんですよね？　何か得意分野があるのでは？」

「陰陽道と平安文化についてはかなり研究したが」

朔夜と武斗は顔を見合わせた。

「うーん……。まあ、ドラマ見ましょうか」

この時、遅まきながらおれは、自分はホストにむいていないのではないか、と、気づきはじめていた。

しかし行くあてがないので、やめるにやめられない。

無料の寮に居座るためにも、なんとか単独でヘルプをこなせるようにならなくては。

四

その夜もおれは女性客たちとの話がはずまず困っていた。

雅人さんをひいきにしているエステサロンの社長の優子《ゆうこ》さんと、その友人のネイルサロンオーナーの朱美《あけみ》さんだが、もちろんおれはエステサロンにもネイルサロンにも行ったことがない。

とにかく二人の会話の邪魔にならないよう、適当に相づちをうちながらの水割りづくりに専念していた。

「最近、ずっと体調がイマイチなのよ。あたし、生命線も短いし、そろそろ寿命なのかしら」

憂鬱そうな顔で言ったのは、エステサロン社長の優子さんだ。

四十代にしか見えないが、業種を考えると、実は五十すぎなのかもしれない。

「生命線は長ければいいというものでもないはずですが」

おれは久しぶりに十文字以上の文章を話した。

昨日読んだ女性週刊誌のうけうりである。

「そうなの？　でもこれ、見てよ。特にこの左手」

優子さんは左のてのひらを朱美さんにむけた。

「暗くてよく見えないわ」

朱美さんが、てのひらをのぞきこむ。

「どれどれ……あらやだ本当に短い！　あたしの半分くらいしかないじゃない」

「でしょう？　あたしきっと六十まで生きられないわ」

優子さんは本気とも冗談ともつかない口調で、肩をすくめた。

「失礼します」

おれは両手で社長のてのひらをそっとひきよせると、顔を近づけて、まじまじと観察する。

「この手相は……！」

「ね、ひどい短さでしょ？」

優子さんはいまいましそうにぼやく。

「実にくっきりした運命線ですね。さすが成功されている方は、すばらしい手相をしておられます」

「あら、ありがとう。そうなの、運命線はいいのよ。でもほら、生命線！」

「たしかに短めですが、くっきりとしていて分岐も切れ目もない。これはいい生命線ですよ。どちらかというと長生きされる運勢ですね。小指のつけねから下にのびている財運線もすばらしいです」

「えっ、そう？　でも体調が……」

「もしかして胃腸ですか？」

「ああ、胃腸もイマイチね。でもそんなこと、この生命線でわかるの？」

「爪に縦筋が入っている方は、胃腸が弱っているそうです。ストレスをためないというのはなかなか難しいと思いますが、せめて胃に優しいものを食べるように気をつけてみてください」

「あなたすごいじゃない！　まるでプロの占い師みたい。あたしの手相も見てくれない!?」

朱美さんが身を乗りだしてきた。

「あ、はい、もちろんです」

ちょうどその時、お待ちかねの雅人さんがようやくこのテーブルにあらわれたので、朱美さんの手相占いはまた今度、ということになった。

また今度、なんて日は、たいてい来ないものだが。

もともとおれは、陰陽道の研究の一環で、式占《ちょくせん》や易占《えきせん》を学んでいた。

最近では映画やゲームの影響で、陰陽師といえばあやかしと戦い、祓うものだと思われているが、明治以前に実在した陰陽師たちは、星を観測し、暦を作成し、占いをおこなっていた。

占星術師に近い存在なのだ。

だがドルチェではお客さんのほとんどが女性だし、もっとメジャーな星占いやタロット占いの方がうけがいいかもしれない。

おれは仕事帰りに、二十四時間営業のディスカウントストアにより、タロットカードを買い込んだのであった。

驚いたことに、朱美さんは翌日ひとりで来店して、しかも雅人さんではなくおれを指名したのだ。

「担当ホストの変更はできない決まりなのですが」

フロアマネージャーが困り顔で答えた。

ホストたちがお互いの客の奪い合いをはじめると収拾がつかなくなるので、たいていどのホストクラブでも、一度指名をもらったホストがずっと担当し続けるのが鉄則である。

「知ってるわ。だからメインは雅人で。でも、どうせ今夜も雅人があたしのテーブルに来てくれるまでけっこう待つんでしょ？　待っている間、昨日の眼鏡の子に占ってほしいことがあるのよ」

ホスト人生初のヘルプ指名である。

「朱美さん、ご指名ありがとうございます。なにか気になっていることがおありですか?」

おれは心からの営業スマイルをうかべた。

ヘルプの指名料がいくらなのか想像もつかないが、文庫本の一冊や二冊は買えるにちがいない。

この先も継続してヘルプ指名をもらえるよう、気合いを入れて接客しなくては。

「実はあたし、プロポーズされてるんだけど、返事に迷っていて……」

「相性占いですか?　相手の方のお誕生日がわかれば詳しく占えますが」

「それがわからないのよ」

「でしたらタロットカードで占ってみましょう」

今朝、買ったばかりのタロットカードを並べていると、あちこちのテーブルからちらちらと視線がとんできた。

「あの新人さん、タロット占いができるのね」

「占いって別料金なの?」

「無料ならあたしも占ってほしいことがあるんだけど」

という声があちこちから聞こえてくる。

予想していた以上の好感触だ。

その夜、おれは、占い師ホストとして活路を見いだしたのである。

もともとおれは東洋占いの基礎があったこともあり、新しい占いの勉強をすることはさほど苦痛ではなかった。

むしろ、毎週ドラマや週刊誌をチェックするくらいなら、図書館にこもって占いの教本を読んでいる方がはるかに性に合っている。

あっという間におれは手相占い、タロット占い、星占い、四柱推命《しちゅうすいめい》など複数の占いをマスターし、占い師ホストとしてのキャラクターを確立した。

もちろんただ占いができるだけではない。

「いくら自分が占いの勉強をしたからって、一方的にべらべらしゃべるようじゃだめだ。まずはお客さまの話をちゃんと聞け。目線をがっつりあわせるか、軽くはずすかは、相手の様子を見て考えろ。場合によってはお客さまの方が気をつかって、たいして面白くもないホストの話に、一所懸命相づちをうってくれていることもある。観察をおこたるな」

などなど、ホストトークの心得についても、雅人さんに厳しく仕込まれたのだ。

おかげであっという間にクチコミが広がっていく。

「すごくハンサムで占いができるホストさんがいるって聞いたんですけど」と、おれ目当てで来店する新規のお客さんがあいついだ。

営業をかけなくても、同伴やアフターの指名が続々と入ってくる。

「この後、一緒にカラオケに行きましょう」と、カラオケボックスに連れて行かれ、二人きりになったところで「他の人がいるところでは本当の誕生日を言えなかったんだけど」と、切りだされるのが定番のコースだった。

「お店に行く前に、ホテルで食事をしましょう」と強引に客室へ連れ込まれ、ベッドのお相手でも要求されるのかと緊張していたら、結局、占いだったということも一度や二度ではない。

人気焼き肉店の個室で占った時には、まわりからただよってくる匂いに何度も腹がなってしまい、恥ずかしかったものだ。

もはやホストなのか占い師なのか自分でもよくわからなくなっていたが、寮とまかない飯と本を買う金のために、おれは甘い営業スマイルと占いにみがきをかけていった。

五

おれは破竹の勢いで新規顧客のご指名を獲得し、ひたすら占いまくった結果、まさかの月間売り上げナンバーワンに輝いた。

占い自体は無料だったのだが、お礼にと高いシャンパンのボトルを入れてくれたお客さんも多かったのだ。

「雅人さんがナンバーワンを奪われたのって、何年ぶりだろう……」

「今日からはショウが白スーツってこと？」

ドルチェでは白スーツがナンバーワンホストの証しなのだ。

おれをふくめ、全ホストがあっけにとられる異常事態である。

「今はお客さんもショウの占いをもの珍しがってるけど、そのうち飽きるだろうから、そこからが勝負だね」

王子さま系ホストの燐が、前髪を華麗にはねあげながら余裕の笑みをうかべた。

燐は昨日まで雅人さんについでナンバーツーだったのだが、いきなり新人が浮上してきたので、今日からはナンバースリーである。

「はい。自分の力ではないことはわかっています」

おれは謙遜したわけではない。

本心からの言葉だった。

だがその時、雅人さんがすっくと立ちあがった。

ホストたちおよびその場にいた全従業員が、雅人さんに注目する。

「お客さんが選んだナンバーワンはおまえだ、ショウ。おれはホストを引退する。ドルチェのことはおまえにまかせた」

雅人さんは白スーツの上着をするりと脱いで、おれに渡した。

「あとは頼んだぞ」

「えっ!?」

「ロッカールームにあるホスト服は全部おまえにやる。おれにはもう必要ないからな」

「雅人さん!?」

雅人さんはロッカーのキーをおれの手に握らせた。

「何を……」

「じゃあな」

雅人さんはくるりと踵を返すと、右手をあげ、悠々と去っていったのである。

残ったのは柑橘系のさわやかな香りだけ。

実にあざやかな引き際だった。

こういう格好良さがまた、後輩ホストたちを惹きつけるのだ。

だが感心している場合ではない。

「待て、雅人！」

フロアマネージャーがあわてて後を追う。

「ど……どうするんだよ」

「雅人さん、本気……だよね？」

「一度こうと決めたことは、雅人さんは決してくつがえさないでしょうね」

「そんな……」

突然の雅人さんの引退宣言に、ホストたちは動揺をかくせない。

だが誰より困っていたのは、おれだった。

「急に白スーツを渡されても……」

いい匂いがするスーツをかかえたまま、呆然と立ちすくむ。

「やるしかないよ、ショウさん」

「雅人さんにまかされたんだから、やれるよ、きっと。頑張って！」

綺羅と武斗が励ましてくれた。

「ああ……」

そうだ。

大恩人の雅人さんにまかされた以上、やるしかない。

そもそも自分には、ドルチェしか居場所がないのだ。

「わかった、やってみる」

ロッカーのキーを握りしめ、おれは悲壮な覚悟を決めた。

稼ぎ頭であるだけでなく、後輩の面倒見がよく、事実上ドルチェをささえる屋台骨であった雅人さんが抜けた穴は大きかった。

　ずっと雅人さんについていたお客さんたちは、突然の引退にショックを受け、なかには泣きだす女性もいる。

「雅人がいないドルチェなんて」と、店の入り口で帰ってしまったお客さんも、少なからずいたのだ。

　閉店後の緊急ミーティングは、重苦しい沈黙につつまれた。

　売り上げが前日の半分しかなかったのである。

「雅人さんのお客さまを引き止めるのは難しい。この際、ＳＮＳの力を使って、新規のお客さまを開拓しよう」

　打開策としてはあまりにつきなみだが、他に何も思いうかばない。

「そうだね。みんなでこまめに発信しよう」

「ショウさんの占いをメインに打ち出して……」

「葛城さん、季節限定のカクテルを考えてもらえますか？」

「わかりました」

　それはまさに背水の陣だった。

　暗く沈みがちなドルチェを明るくし、なんとか存続させようと、全員一丸となってがんばったのである。

それから一週間ほどがたち、落ち込んでいた来客数が少しずつ戻ってきたある夜、事件はおこった。

六

いつものようにおれがタロットカードで女性客の引っ越し相談にのっていたところ、突然、店の入り口付近から悲鳴がきこえたのである。

「え？　なにかしら？」

まさかのゴキブリだろうか。

しかし顔をあげたおれの視界にとびこんできたのは、トレンチコートを着てマシンガンをかまえた女だった。

サングラスをかけた上に、バンダナで顔の下半分を隠している。

いまどき珍しい、こてこての強盗スタイルだ。

アニメのコスプレだろうか。

しかも単独犯のようだ。

「まさか、本物の強盗？」

「いまどきこんな古風な格好の強盗っているかしら。コンビニ強盗だって、もうちょっとましな格好してるわよ」

「何かのイベントじゃない？」

客席からとまどい混じりのざわめきがあがる。

「しばらくお待ちください」

おれはタロットカードをテーブルに置くと、隣のテーブルの武斗と目配せしあって、立ち上がった。

それを見たトレンチコートの女は、さっとマシンガンの銃口を近くの女性の頭にむける。

あれは今日たまたま大阪から遊びに来た社長夫人の節子《せつこ》さんだ。

「動くな！　動くとこの女を撃つぞ！」

バンダナごしのくぐもった声で、こてこての台詞を吐く。

「ひっ、やめてっ、撃たないでっ」

人質にされた節子さんの叫び声に、店内は静まりかえった。

「な、何が目的なの？　お金なら、ほら、この指輪をあげるからっ！」

節子さんは大きな宝石のついた指輪を渡そうとしたが、トレンチ女は首を横にふった。

金目当てではないようだ。

となると、雅人さんが引退したことに逆上しての、腹いせだろうか。

その可能性は十分ある。

強盗ではなく、ただの銃乱射が目的だったら……？

「雅人がいないドルチェなんて消えてしまえばいいさ！」と、トレンチコートのすそをひるがえしながら女がマシンガンを乱射する情景が目にうかび、ぞっとする。

いや待て、ここは日本だ。

十メートル以上はなれている上に、照明が薄暗いので、マシンガンが本物かどうかの見分けはまったくつかない。

しかし本物のマシンガンなどそうそう入手できるはずはないし、せいぜいサバイバルゲーム用のエアガンではないだろうか。

だが、殺傷能力はなくても、店内でペイント弾を乱射されたりしたら、それはそれで大惨事になる。

あるいはBB弾だとしたら、お客さまに怪我をさせる危険があるから最悪だ。

マシンガンが本物である可能性もゼロではないし、うかつに動くことはできない。

人生最大の危機に直面していたが、おれは焦りを顔にだすこともなく、悠然とたたずんでいた。

緊張しすぎて、顔の筋肉が凍りついていたのだ。

「まずは景気づけに、ピンドンを持ってきてもらおうか」

手をこまねいているおれたちをあざ笑うように、トレンチ女は燐に命じた。

「は、はい。ピンドン持ってきて！」

燐はフロアマネージャーにピンドン、つまり、ロゼのドン・ペリニヨンを持ってこさせた。

黒に近いダークブラウンのボトルに、黒地にピンクの文字のラベルがはられている。

この愛らしいラベルがホストクラブでの人気のみなもとなのだ。

ちなみにドルチェは良心価格なのでボトルを一本入れると十万円だが、十三、四万円とる店も少なくない。

「ど、どうぞ」

燐はピンドンのボトルをトレンチ女にさしだす。

「このままラッパ飲みしろと？」

「あっ、失礼しました！」

隣のテーブルにいた朔夜が急いでシャンパングラスをさしだすと、震える手で燐がそそいだ。

「はあ？　一杯だけ？」

「あ、あの……」

「ありったけ持ってきなさい。でないとこの人の命は保証できないわよ」

トレンチ女は銃口をぴたりと節子さんのこめかみにあてた。

「ひいっ」

節子さんはぎゅっと目をつぶり、ガタガタふるえている。

「い、今すぐ持ってきますから！」

燐は必死に応じているが、今にも倒れそうなくらい真っ青だ。

「キッチンからありったけのピンドン持ってきて」

「はいっ」

朔夜とフロアマネージャーがかかえてきたピンドンのボトルは、全部で六本だった。

「はあ？　これだけ？　ずいぶんしみったれてるのね」

「ドンペリの白なら二十本ほどありますが……」

フロアマネージャーの言葉に、トレンチ女は舌打ちする。

「ピンドンって言ったでしょ？　安物の白には用はないのよ」

トレンチ女はホストクラブにおけるドンペリの白とロゼの値段の違いをちゃんと把握しているようだ。

やはり雅人さんの客だろうか。

「酒屋さんに電話して、すぐに配達してもらって！」

「余計な話をすると、この人の命はないから」

「わ、わかってます」

酒屋からの追加をふくめ、二十本のピンドンがトレンチ女の前に並べられた。

一本十万円なので、あわせて二百万円である。

トレンチ女の要求により、全部栓を抜いたため、軽い発泡音とともに甘い香りがあたりに漂っているが、まさかこれをひとりで飲む気だろうか。

「お客さま、せっかくですからシャンパンコールはいかがでしょう?」

提案したのはおれだ。

とにかくこのトレンチ女のご機嫌をとる必要がある。

「あら、そうね。聞かせてもらおうかしら」

燐が音頭をとって、ホストたちのシャンパンコールがはじまった。

「素敵なシャンパンをあけてくれたのは、こちらの姫の……」ではじまる定番のコールだ。

トレンチ女はコールを聞きながら、ボトルを一本持ち上げる。

女が飲み始めたら、おれは歌いながらさりげなく距離をつめ、とりおさえるつもりだった。

一応、柔道の心得はあったので、マシンガンさえ取り上げてしまえばなんとかなるだろう。

女が酔っぱらうまで待った方がいいだろうか。

しかしザルという可能性もある。

店内の全員が見つめる中、トレンチ女は、マシンガンの上部をぱかっとあけて、中にピンドンをそそぎ始めた。

いったい何のつもりだ？

いぶかしく思った瞬間。

銃口がホストたちにむけられ、勢いよく乱射された。

客席から一斉に悲鳴があがる。

「うわっ」

ホストたちはお客様をかばい、目をとじる。

だが、銃口から勢いよくまきちらされたのは銃弾ではなかった。

甘い香りの液体だったのである。

「えっ、まさか、ピンドン!?」

「水鉄砲《ウォーターガン》だ!!」

たかがウォーターガン、されどウォーターガン。

どうやら連射可能な高性能の圧縮式ウォーターガンらしく、射程は十メートルを軽くこえており、店中に高級シャンパンがまきちらされていく。

しかも、あたるとそこそこ痛い。

テーブルの上のグラスやボトルが片っ端からふっとばされ、中に入っている酒をまきちらしながら床に墜落していく。

ホストもお客さんたちもみな全身ずぶ濡れにされ、阿鼻叫喚《あびきょうかん》の地獄絵図である。

何がなんだかわけがわからないと思いながらも、おれはトレンチ女にとびかかった。

はじかれたように、他のホストたちもトレンチ女をとりおさえる。

意外にもトレンチ女は逃げだすそぶりすら見せない。

「顔を見せてもらおうか」

武斗がバンダナをはぎとった。

その瞬間、いきなりトレンチ女がおれに抱きつこうとした。

「久しぶりね、会いたかったわ、ヨシアキ～～！」

おれはとっさに女を両手で押し返す。

サングラスをかけているが、この声はまさか……！

おれの背中に戦慄《せんりつ》がはしる。

「ヨシアキ？　何言ってるんだ？」

ホストたちがとまどう中、おれだけは恐怖で顔をひきつらせていた。

「ＳＮＳで見たわ！　六本木で人気急上昇のカリスマホストになったのね！」

「……まさか……」

別人であってくれ。

おれは祈るような気持ちで、ふるえる指先をサングラスにのばした。

わかってはいたのだが。

「……お母さん……」

「やっと気がついてくれたの？」

ふふっ、と、いたずらっ子のような笑みをうかべた。

トレンチ女は、安倍優貴子、つまりおれの母だったのである。

あまりのできごとに、おれの顔も、手も、心臓も、脳も、何もかもが凍りつく。

「えっ……お、お母さんって、ショウさんの？」

燐の問いには答えず、おれは武斗の手からバンダナをひったくって、母の口をキュッときつく覆った。

「燐、あとはたのんだ」

「え？」

おれはくらくらする頭を押さえながら立ち上がると、ふらりと歩きだす。

「んぐ、んしうくぃ～」

母がびしょ濡れの白スーツに手をのばしてきたので、おれは全力をふりしぼって、その場から逃げ去った。

全身高級シャンパンでずぶ濡れにされ、あっけにとられたホストと女性たちは、ひとりウグムグうめきながらもがいている母を前にして、途方に暮れたことだろう……。

七

その夜のうちにおれはオーナーに退職を申し出、荷造りして寮をでた。

雅人さんにもらったホスト服のおかげで、荷物は旅行カバンと段ボール二箱になってしまったが、キャリーにくくりつければ十分ひとりで持ち運べる。

結局、また二十四時間営業のマクドナルドで朝食のハンバーガーをかじることになってしまった。

ビルの間から見える美しい朝焼けが目にしみる。

幸い一週間前に雅人さんをこえる破格の給料をもらったばかりなので、しばらく生活費に不自由することはないだろう。

それにしても、この先どうしたものか。

名前をかえて他のホストクラブにうつっても、いずれは母にかぎつけられるに決まっている。

せっかく雅人さんが接客業の心得を基礎からたたきこんでくれたが、ホストはあきらめるしかないだろう。

この際、ひとりでひっそり、占い師でもやった方が気楽でいいかもしれないな。

どうせなら得意の六壬式占《りくじんちょくせん》をいかして、陰陽師の店でもひらくか。

場所はどこがいいだろう。

六本木のような家賃が高額な場所は無理だから、どこかほどほどの商業住宅地にしよう。

国立からはなれていて、駅から近くて、ついでに住める物件があるとなお良しだな……。

ショウあらため祥明が語り終えると、思わず瞬太は大きく息を吐いた。

「それが伝説のピンドン事件かぁ。本当に大変だったんだね。でもみんな水鉄砲だってわからなかったの？」

瞬太の質問に、祥明は、これ以上はないというくらい悔しそうな顔をした。

「これが腹が立つくらいよくできている上、ドルチェの店内は薄暗いから、まったく気づかなかった。まさかウォーターガンだったとは……」

優貴子は最初、クラブドルチェでもゴキブリのオモチャをばらまくつもりだった。茶色のセロファンを使って、本物によく似た偽ゴキブリを作るのが優貴子は得意なのだ。

ただ、偽ゴキブリは過去にも使ったことがあるため、祥明に見破られる可能性があった。

どうしたものか、と、思案しながら百貨店のオモチャ売り場を歩いていた時、たまたま見つけたのが、マシンガンそっくりのウォーターガンだったのだ。

これだ！　と、優貴子はひらめいたのだという。

「なんで水じゃなくてピンドンを使うことにしたのかな」

「それもたまたまホストクラブで人気の酒としてテレビ番組で紹介されているのを見て、気に入ったらしい。もしピンドンじゃなくてルイを使っていたら、父は破産していたな」

ルイ十三世というコニャックは、良心価格のドルチェでも、ボトル一本で八〇万円近くするのだ。

「今でも伝説のピンドン事件として、六本木で語り継がれていますよ」

葛城はかるく苦笑いをうかべる。

「葛城さんも水鉄砲、じゃなくて酒鉄砲で撃たれて、びしょ濡れになったの？」

「私はカウンターの中にいたので、軽くしぶきをあびただけですみました。他のみなさんはなかなか悲惨でしたが、クリーニング代は全額、ショウさんのお父様が支払うということで示談が成立しました。それからピンドンの代金も」

ホストたちがおさえた優貴子だが、どうやらショウの母親らしいということで、警察沙汰にはしなかったのだという。

「そもそも、いくらサングラスとバンダナで顔をかくしてたからって、自分の母親がわからなかったの？」

「無意識のうちに脳が拒否していたんだ。絶対に見たくない、会いたくないという思いが強すぎて」

思い出すだけでもめまいがする、と、祥明は眉根をよせた。

「お客さんたちはよく赦してくれたね」

「あの時のショウさんの後ろ姿が、あまりにも悲愴感ただよっていたので……。わずか十分たらずの事件でしたが、ショウさんはずっとお母さまに苦労させられてきたんだな、ということが、私たちはもちろん、お客さまたちにも伝わったみたいです」

「そこまで……」

瞬太にあわれみの目で見られ、祥明は気まずそうに扇をひろげると、咳払いをした。

「それに、あまりにも非現実的なできごとだったので、みなさん逆に面白がってくださったようです。一生に一度の経験だった、と」

「たしかになぁ」

うんうん、と、瞬太はうなずく。

「ホストたちに身を挺《てい》してかばわれて感激した、と、言ってくださるお客さまがたもたくさんおられました」

「雅人さんの教育のたまものだな」

「綺羅さんだけは、お客さまにかくまわれていたのですが、お客さまが、あたしは綺羅を守りきった、と、満足されたそうなので、それはそれで良かったのではないかと」

「綺羅だからな」

祥明も、つい、笑ってしまう。

「あれ、でもさ、もしピンドン事件がおこらなかったら、祥明は今もドルチェでホストをしてたってこと?」

「たぶんな」

瞬太の問いに、祥明はうなずく。

「……つまり、祥明が陰陽屋を開くこともなく、おれがアルバイトをすることもなく?」

「今ごろおまえは、無職の野良ギツネだったんじゃないか?」

「じゃあ、おれの恩人？　あのこわいお母さんが？　えっ、なんだか嫌なんだけど！　すごく嫌なんだけど！」

瞬太の尻尾が恐怖でぶわっと太くなる。

おそろしい思いつきに、ちょっぴりパニックになる瞬太だった。

第二夜

三角耳の篠田

孫のヨシアキが陰陽屋なる店をひらいたというので、見にいってみた。

要するに、陰陽師の店ということらしい。

うちをとびだす前は、大学院で陰陽道の研究をしていたから、その知識を生かして商売をはじめたということのようだ。

場所は東京都北区王子。

江戸の昔から狐火で有名な王子稲荷神社の参道沿いとは、また面白いところに店をかまえたものである。

雑居ビルの地下へと続く狭い階段。黄色い提灯《ちょうちん》と蠟燭の炎だけが頼りの、ほの暗い店内。無雑作《むぞうさ》にならべられたほこりくさい古書。

うさんくささ満載で、実にワクワクする。

ヨシアキが陰陽師らしく白の狩衣に藍青の指貫という格好をしていたのには驚いたが、なかなかさまになっていた。

だが、僕の目をくぎづけにしたのは、アルバイト高校生の沢崎瞬太君だ。

ふさふさの尻尾に三角の耳、そしてトパーズ色のつり目の瞳孔は縦長。

お客さんに対しては、つけ耳につけ尻尾、コンタクトレンズだと説明しているらしいが、彼が本物の化けギツネだというのは、僕にはひと目でわかった。

なぜなら僕には、かつて、化けギツネの友人がいたからだ。

一

かれこれ五十年以上前のこと。

僕はまだ成瀬《なるせ》柊一郎《しゅういちろう》という名前で、フランス文学を専攻する貧乏学生だった。

下町の木造ぼろアパートに住み、勉学とアルバイトにいそしむ日々だったが、他の学生たちも似たり寄ったりだったので、特につらいとは感じていなかった。

その夜は、東京では珍しい雪だった。

朝までには積もるかもしれない。

寒さに凍えながら急ぎ足でアルバイト先の酒屋から帰ってきた僕は、アパートの前の路地で、男がひとり倒れ込んでいるのを見つけたのだ。

行き倒れである。
ひょっとしたら死体かもしれないな。
僕はこわごわ、男の顔をのぞきこんだ。
すると、男はスースーと気持ち良さそうに寝息をたてているではないか。
しかもこの顔には見覚えがある。
同じアパートの住人だ。
名前はたしか、篠田《しのだ》。
それにしても、なんだってこんなところで寝てるんだ、人騒がせな。
アパートは目の前なんだから、自分の部屋で寝ればいいのに。
だがこのまま放っておくと、凍死しかねない。
綿の着物に綿入れという、風流なんだか貧乏なんだかよくわからない軽装だし。
やれやれ、仕方がないな。
「篠田さん、おきてください。ここで寝てたら死にますよ」
声をかけたが、目をさます気配はない。
「おきてください！」

耳もとで大声をあげながら、肩や背中をゆさぶると、ようやく、少しだけまぶたが開いた。

「ねむい……」

「はあ？」

何を言ってるんだ、この人。

「もう、眠ったままでいいから、歩いてください」

僕は無理やり篠田の身体をおこして、肩をかした。

「歩いて、歩いて」

「むにゃ……」

幸い篠田は、上背のわりにかなり軽かったので、半分ひきずるようにして部屋まで運んでいったのである。

翌日の夜九時すぎ。

アルバイトから帰ると、篠田が一升瓶を片手に僕の部屋にあらわれた。

「学生さん、昨日は世話になったね。おかげで凍死しないですんだよ。お礼に一杯どうだい?」

篠田はへらっと笑う。

貧乏学生にとってただ酒ほどありがたいことはないし、何より、夜道で凍えた身体を温められる。

なにせこちらは生命の恩人なのだから、遠慮することもないだろう。

「じゃあ、遠慮なく」

僕らは湯呑みに日本酒をなみなみそそいで、ぐいっと飲んだ。

つまみにと篠田が持ってきた油揚げを適当に切って、コンロの火であぶる。

「ところで昨日も酒のせいであんなところで寝ていたんですか?」

「いやいや、昨日は別に飲んじゃあいなかったよ。ただ眠かったんだな」

「本当に?」

「本当、本当。眠くなると所かまわず横になっちまう特技があってさ」

あっはっはっと篠田は明るく笑う。

「特技……?」

「そうそう。そんなことよりも学生さん、あんたの話をきかせてよ」

「いいよ。まず、僕の名前は成瀬柊一郎」

「じゃあ柊ちゃんだな」

郷里はどこか、とか、つきあっている女の子はいないのか、など、どうでもいい話をしているうちに、結局、篠田はまた寝込んでしまったのだった。

二

そんなことが何度か繰り返されていくうちに、僕らはすっかり親しくなっていた。たいてい篠田が一升瓶を持って僕の部屋にあらわれるのだが、アルバイト代がはいった日などは、僕が篠田の部屋に酒と焼き鳥を持参したものだ。

お互い風呂なしの四畳半一間暮らしだったから、一緒に銭湯に行ったりもした。

しかし篠田がどこででも寝られるというのは本当だったようで、素面で銭湯に行ったにもかかわらず、広々とした浴槽で寝入ってしまったことは一度や二度ではない。

「おい、篠田、おきろ。ここで寝たらおぼれ死ぬぞ」

「ねむい……」

「なんでだよ。昼間も寝てただろう?」

「そうだっけ?」

「そうだよ。そもそも、よくこんな熱々の風呂で眠れるな」

「……心頭滅却だよ……ブクブク……」

「おい!?」

篠田がおぼれそうになるたびにかついで帰るのは僕の役目だったが、翌日にはやはり、お礼にと一升瓶をかかえて篠田が僕の部屋へあらわれ、酒盛りになるのであった。

「ところで篠田、そういえば昨日、妖艶な美女が君の部屋からでてきたのを見かけたが、あれは恋人かね?」

「うひひ、そんなおそれおおい」

篠田は頭を左右にふって、全力で否定する。

「ふーん? そもそも君は時々ふらっとでかけていくけど、何の仕事をしてるんだい?」

「ふふふ、さてねぇ。それより柊ちゃん、角のパン屋に若い店員さんが入ったの知ってるかい? すごくかわいい女の子で、指先からバターのいい匂いがするんだよ」

「そりゃ、一日じゅうパンを棚に並べたり、袋につめたりする仕事してるんだから、バターの匂いくらいするだろう」

「そうなんだけどさ、爪の形がすごくきれいなんだ……」

「爪の形ねぇ。このまえは、豆腐屋の若奥さんのつやつやした黒髪がどうとか言ってなかったっけ？　篠田のほれっぽさには感心するよ……って、おい」

篠田は一升瓶をかかえ、気持ち良さそうな寝息をたてている。

狸寝入りを疑いたくなるタイミングの良さだが、篠田に限っては、本当に一瞬で熟睡してしまうのだ。

スピスピと猫のような鼻音をたてて熟睡している時すらある。

「やれやれ」

そんな時は、僕はひとりで酒をちびちびなめながら、机にむかう。

篠田は何の仕事をしているのか、どこで生まれ育ち、いま何才なのか。

部屋からでてきた圧倒的な存在感のある不思議な美女はいったい何者で、篠田とはどういう関係なのか。

気にならないと言ったら嘘になるが、本人が言いたくないものを無理に詮索するようなこともしたくない。

戦争で家族を亡くしたなどの、つらい事情をかかえている人も、まだまだ多い時代だった。


そしてついにその夜はやってきた。

例によってぐでんぐでんに酔っ払って寝込んだ篠田の腰から、ふさふさの尻尾がはえていたのである。

一メートルはありそうな、立派な尻尾だ。

色は明るい茶色で、ふともよりも太く、先っぽだけは白い。

郷里でよく見かけた、狐の尻尾によく似ている。

もちろん篠田から狐の尻尾がはえているはずなどないから、これは自分が酔っ払って、幻覚を見ているのだろう。

あるいは勉強のしすぎで疲れがたまっているのか、それともビタミン不足が視力にきているのか？

ひょっとしたら眼鏡のせいかもしれないな、と、原因をいくつも考えた。

やはり一番有力な原因として考えられるのは酒だ。

思えば週に五回は篠田と飲んでいるが、これは肝臓にも財布にも負担に決まっている。

酒は週に一回だけにしておこう。

図書館や山手線の車内で勉強すれば、篠田に邪魔されないし、暖もとれて一石二鳥だ。

しかし図書館は九時には閉館するし、山手線だって一晩中運行しているわけではない。

するとこちらの都合などおかまいなしに、篠田が酒瓶をかかえて僕の部屋へやってくるのだった。

いつものように酔い潰れた篠田が、畳の上でごろんと横になった時。

パサッ。

ふかふかの尻尾が僕の膝にのったのだ。

……おかしい。

どうしたことか、尻尾のあたたかさが膝に伝わってくる。

その上、ふわふわで、それなりに重みもある。

なんとリアルな幻覚だろう。

しかも尻尾がぱたんぱたん動くたびに、かすかに風がおこる。

篠田は気持ちよさそうに寝息をたて、ときおりスピスピ鼻をならす。

……尻尾にさわったら、とびおきてしまうだろうか？

だが、そっとなでるくらいなら？

僕はそーっと右手を尻尾に近づけた。

だがあと三センチというところでなかなか決心がつかず、何度か右手をひらいたり、とじたりしてためらう。

あたたかな体温までふくめて、幻覚だったら……？

いや、そんなはずは……。

「ん……」

その時、篠田がごろりと寝返りをうった。

そのはずみで、僕の右手をふさふさの尻尾がかすめたのである。

犬や猫より少しかたい、しっかりした毛なみだ。
この手ざわりはどうも、幻覚ではなさそうである。
間違いなく本物のキツネの尻尾。
ということは、つまり……篠田は、化けギツネなのか⁉
えええええっ⁉
ためしに自分の頬をつねってみるが、ちゃんと痛みがある。
夢でも幻覚でもない。
うわ、どうしよう。
興奮しすぎて、こめかみの動脈がドクドクと脈打っているのがわかる。
あまりのことに、一気に酔いがさめた。
いや、酔いが回ったのかもしれない。
すごい、すごいよ、篠田。
君はただの瞬間睡眠男じゃなかったんだね。
自分のことを話そうとしなかったのも、そういう事情があったからか。
「ふうむ」

僕はかなり驚いたが、酔っ払っていたこともあり、まあいいや、人間でもキツネでも、篠田は篠田だ、と思い直したのだった。

三

僕は篠田の正体を知った後も、気にすることなく、飲み友達でありつづけた。いや、正確に言えば、むしろ化けギツネだと知って、興味津々だった。

「なあ、篠田、化けギツネって知ってる？」

「はあ？　柊ちゃん、酔っ払ってるのか？」

「そうかもな。こんなものが見えてるくらいだし」

僕がふさふさの尻尾をつかむと、篠田はびっくりして腰をうかせる。

「な、何してんだ、柊ちゃん!?」

「いいだろ、酔っ払ってるんだから」

僕はにやりと笑って、尻尾を首にまく。

「ええ？」

「まあもう一杯飲めよ」

僕は一升瓶を持ち上げると、篠田の湯呑みに酒をそそいだ。

「あ、ああ」

篠田は逃げ出すか宴会を続けるか、三秒ほど迷ったようだったが、もちろん酒をとった。

「まああれだ、酒の席は無礼講だから、尻尾くらい気にするなよ」

「さすが柊ちゃん、いいこと言うな」

「ところで東京に化けギツネって何匹くらいいるんだい？」

「十匹以上いるよ」

「へぇ。じゃあ、化けギツネだけで宴会をひらいたりするのかい？」

「めったにないよ。おれたちは人間社会にとけこんで暮らしてるからね。なかには人間と結婚してるやつだっているし」

「まさか篠田も？」

「したことあるぜ。でも心の狭い女でさ、おれの正体がばれた途端、おいだされちまった」

「へぇ……って、おい、待てよ。正体を隠して結婚したのか？」

「まあな」

「やるなぁ」

「だろう？」

篠田はケラケラ笑った。


僕は篠田の正体については、他の人間には一切もらさなかった。

だが篠田は不用心で、酔っ払って尻尾をだして廊下を歩いていたところを、隣の部屋に住んでいた福田《ふくだ》さんちの初江《はつえ》ちゃんという小さな女の子に見られてしまったのである。

「しっ……ぽ？　ね、学生さん、今、篠田さんに尻尾がはえてたよね？」

初江ちゃんは目をまん丸に見開いて、僕に尋ねた。

「えっ、そうかな？　僕には見えなかったけど」

初江ちゃんには申し訳ないけど、とぼけるしかない。

「えー」

僕はなんとかごまかしたつもりだったが、初江ちゃんは納得しなかったようだ。

両親や他の部屋の住人にもきいてまわっていた。

「ねぇねぇ、篠田さんの尻尾見たことない？」

「尻尾？　あったらすごいねぇ」

小さな子供の言うことなど、誰も本気でとりあおうとはしなかった。

そんなある日、一階の部屋から油揚げがなくなるという珍事件が発生した。

「たしかにそこの流しの脇に置いといたのに、ちょっと買い物にでかけて帰ってきたら消えてたんだ」

「妙な泥棒もいたもんだね。どうせ盗むのなら、油揚げなんかより金目のものをとっていきゃいいのに」

「犯人はよほど油揚げ好きなんだろう」

「そんな人間いるのかね。狐じゃあるまいし」

「狐っていえば、二階の篠田さんに尻尾があるって……」

「いやいやまさか。でも、たしかに狐の好物といえば……」

そんな噂話がひそひそ交わされていたことは僕も知っていたが、知らんぷりをしていた。

たしかに篠田は化けギツネだし、油揚げも大好きだったが、他の部屋に侵入して盗みをはたらくような奴じゃない。

「そんなの野良猫の仕業に決まってるよ」

篠田は、困ったなぁと、へらへら頭をかいていた。

だが一週間ほどたったある日、篠田は忽然《こつぜん》と姿を消してしまった。

いつものように僕が焼き鳥を買って篠田の部屋に行ったら、もぬけの殻になっていたのだ。

いつの間に荷造りをしたものか。

さすがに居づらくなったのかもしれない。

数日後、篠田が言っていた通り、真犯人は台所の窓から侵入した野良猫だったことが判明した。

よく見たら窓枠に小さな足跡がついていたのだ。

しかし、時すでに遅しだった。

「あたしのせいだ。篠田さんには尻尾があるって、おかあさんに言っちゃったから」

初江ちゃんはひどく落ち込んでいたが、大人になるまでには忘れてしまうだろう。

篠田がいなくなってから、僕はあの人なつこい男がけっこう好きだったことに気づいた。

静かな夜、ひとりで机にむかい、辞書をめくりながら酒をなめている時。

あるいは銭湯で熱々の湯につかっている時。

ことに雪の降る夜などは、どこぞで行き倒れていやしないかと心配になる。


気がつけば妖怪や民俗学の本ばかり読みあさっていた。

化けギツネ、化け猫、河童に座敷童《ざしきわらし》。

人間の中にとけこんで生きる、不思議なものたち。

いつしか僕の研究対象はかわっていった。

四

その後、僕は、恩師の娘と結婚して、婿養子に入った。

娘の優貴子が生まれ、優貴子が結婚し、孫のヨシアキが生まれ。

あっという間に時が流れ、そろそろ人生の終盤にさしかかった頃――。


僕の前にかわいらしい化けギツネの少年があらわれた。

しかも瞬太君のお祖母さんは、かの初江ちゃんだという。

今は谷中《やなか》で三味線を教えているという初江ちゃんは、僕の予想に反して、篠田のことをちゃんと覚えていた。

そして僕も、初江ちゃんに「学生さん」とよばれた瞬間、あの木造アパートでの日々が鮮明によみがえってきたのだ。

急に動きだした時計の歯車に、年甲斐もなく僕はワクワクしている。

これだから人生は油断がならない。

第三夜

運命の王子さまは桜の下に

一

早朝のすがすがしい陽射しの中、王子稲荷神社の境内で、沢崎みどりの心臓は驚きのあまり止まりかけていた。

淡いピンクの花をつけたソメイヨシノの根元にバスケットが置かれ、その中でかわいらしい赤ちゃんがすやすやと眠っていたのだ。

かたわらでコーギー犬のタロがさかんに吠えているが、赤ちゃんはまったく目ざめる様子がない。

みどりはバスケットのそばにしゃがみこみ、赤ちゃんの呼吸と脈を確認した。

体温はやや高めだが、これは、ただの熟睡である。

それにしてもこんなところで、なぜ赤ちゃんがひとりで眠っているのだろう。

もしかして、ついにあたしの願いがお稲荷さまに届いたのかしら！

毎朝、あたしがしつこくお願いしたから？

みどりの心臓がドックンドックンと大きな鼓動をうつ。

いやいや、そんなこと、あるはずないから。
ひょっとしたら、いや、たぶん、捨て子だろう。
みどりはあたりを見回すが、自分以外の人影は見あたらない。
……今なら、こっそりうちに連れて帰っても、ばれないいんじゃない？
ひとさし指で、そっとピンクの頰にさわる。
あたたかくて柔らかい。
きっと全身ぷにぷにだ。
みどりは両手で赤ちゃんを抱きあげたいのを、ぐっと我慢した。
だめ、だめ。
たとえ親が置き去りにした子だとしても、こっそりうちに連れて帰ったら犯罪だから。
それに、もし、一晩中ここに放置されていたのだとしたら、健康状態が心配だ。
とにかくここに赤ちゃんを放っておくわけにはいかない。
みどりは立ち上がると、社務所の窓口のブザーを押した。

七時半ごろ。

みどりがタロを連れてマンションに帰ると、ちょうど夫の沢崎吾郎《ごろう》が出勤するところだった。今日は地味なグレーのスーツに、緑のネクタイだ。

朝食はひとりですませたようで、台所のシンクに食器が置かれている。

「おかえり。今日の散歩はずいぶん長かったね」

温厚な吾郎は、朝食までに戻って来なかったみどりを責めたりはしない。むしろ少し心配したような口ぶりだ。

「それが、大変なことがあったの！　王子稲荷の境内で赤ちゃんを見つけたのよ！」

「赤ちゃん？　境内で？　まさか捨て子ってこと？」

吾郎は眼鏡の奥の目を大きく見開いた。

「そうみたい」

「それで赤ちゃんは無事だったの？」

「大丈夫、生命に別状はないわ。かけつけてきたおまわりさんが、まずは小児科のある病院で診察をうけさせないと、って言うから、都立駒込《こまごめ》病院をすすめておいた」

「つまり君の勤務先だね」

「そうなのよ！　今日はちょうど日勤だから、さっそく様子を見に行くつもり」

病院まで赤ちゃんに付き添いたかったのだが、タロを連れて行くわけにはいかないので、いったん帰宅したのだ。

大急ぎで朝食をすませたら、病院にかけつけるつもりである。

「何かわかったら、今夜話すわね」

「うん」

いろいろ気になるけど遅刻しちゃうから、と、吾郎は後ろ髪をひかれる様子ででかけていった。

二

夜勤の看護師たちからのひきつぎを終えるのももどかしく、みどりは早足で診察室にむかう。

診察室では、捜査員たちがメモをとっているところだった。

ベテランの捜査員と若い捜査員の二人組だ。

診察ベッドの上の赤ちゃんは、あいかわらずすやすや眠っている。

「虐待の形跡はないんですね？」

「外傷はまったくありませんよ。軽い発熱と下痢の症状があるけど、ノロウイルスもロタウイルスも陰性だったし、風邪だろうね」

「なるほど。それでこの子は、生後何ヶ月くらいですか？」

「だいたい三ヶ月といったところかな」

「ということは、一月うまれですか？」

「たぶん十二月か一月だね。でも栄養がたりてないのか、だいぶやせてるし、しばらく入院させて様子をみた方がいいかな」

老医師の言葉に、捜査員はほっとした顔をした。

「助かります。署に連れて帰っても、面倒をみられる者がいないんですよ。受け入れ可能な乳児院がすぐに見つかるかどうかわからないし。よろしくお願いします」

捜査員たちは医師に頭をさげると、バスケットやベビー服など、保護者捜しの手がかりになりそうなものを抱えて帰っていった。

「というわけで、この子を入院させることになったんだけど、名前がないと不便だね」

医師はくるりと背もたれのついた椅子を回転させ、看護師たちの方をむく。

「ニックネームをつけましょうか」

若い看護師が提案する。

「そうだね。男の子だし、駒込太郎でいいか」

「えっ、先生、またですか!?」

医師が電子カルテに記入しようとするのを、みどりはあわてて止めた。

この医師はアバウトな性格で、仮名が必要な時はつねに、男の子は駒込太郎、女の子は駒込花子にしてしまうのだ。

「じゃあ駒込一郎?」

「この病院で生まれたわけでもないのに、また駒込ですか」

「王子稲荷神社で見つかった男の子だから、王子さまでどうでしょう?」

若い看護師が、にこにこしながら言った。

なるほど、王子稲荷神社の王子さまか。

悪くない。いや、駒込太郎よりはかなり良い。

「ニックネームだし、覚えやすくていいと思います」

「そうかなぁ。まあ何でもいいけど」

医師は少々不満げだったが、すぐに折れた。

彼にとってはニックネームなどささいなことだ。

「ところでこの子の担当ナースは……」

「あたしが担当します」

みどりはさっと手をあげた。

「実は王子稲荷神社でこの子を見つけたのはあたしなので、ずっと気になっていて」

「そうだったんですか！」

若い看護師と医師は、二人とも目を丸くする。

「はい、犬の散歩の途中で、たまたま」

「そうか。じゃあ知ってると思うけど、この子には付き添いがいないから、十分気をつけてみてあげてね」

「はい」

みどりは力強くうなずいた。

病室のベビーベッドですやすや眠る赤ちゃんを確認して、みどりの顔がゆるむ。

「どんな夢を見ているのかしら」

足につけられた名札には「王子さま」と書かれている。

医師の気がかわらないうちに、と、早速みどりが書いてつけたのだ。

「赤ちゃんの様子はどう？　熱はさがった？」

みどりに話しかけてきたのは、紺のカーディガンをはおった小児科の主任看護師、荒川裕実《あらかわゆみ》だった。

みどりより少し年上の三十代半ばで、背が高く、セミロングの髪をさっぱりと首の後ろでたばねている。

ちなみに「犬を飼うと子供を授かりやすいのよ。ところでうちのコーギーがこのまえ仔犬を産んだから見にこない？」と、みどりをそそのかしたのも、この人である。

「まだ微熱が続いていますが、下痢はおさまってきました」

「そう。薄着で屋外に放置されていたせいで風邪をひいちゃったのかしらね、かわいそうに。でも低体温症になってなくてよかった。沢崎さんの発見があと一時間遅かったらと思うとぞっとするわ。わざと人目につかない時間帯を選んだんだろうけど」

　主任は肩をいからせた。

「それにしても、ずいぶんよく眠る子ね。診察中もずーっと眠りっぱなしだったって聞いたわよ」

「はい。さっきもミルクをあげるために一度おこしたんですが、哺乳瓶をくわえたまま寝てしまいました。それどころか、神社で見つけた時に、タロがそばで吠えていても熟睡してたんですよ」

「それはすごいわね。念のため聴覚検査も追加した方がいいかも。でもたとえ聴覚にトラブルがあったとしても、眠りっぱなしってことはないはずなんだけど。眠り姫ならぬ眠り王子さまね。もしかしたら、昼の間は静かに眠っていて、夜になると泣き続けるタイプの赤ちゃんかしら？」

　主任は首をかしげた。

　王子さまは、今この瞬間も、実に気持ちよさそうにすやすや眠っている。

「こんなにかわいい赤ちゃんを置き去りにするなんて、親にはよほどの事情があったんでしょうね……」

「そうね」

「早くママが見つかるといいね」

　こんこんと眠り続ける王子さまに、みどりは優しく話しかけた。

　その夜、夕食をとりながら、みどりは興奮気味に、赤ちゃん発見にまつわる一部始終を語った。

「へぇ、桜の木の下にねぇ」

　吾郎はひたすら驚きっぱなしだ。

「本当にかわいいのよ。ずっとすやすや眠ってるの。あんなかわいい子を置き去りにしちゃうなんて、親はよほどお金に困ったのか、それとも育児に疲れはてたのか……。日本では出産後うつになるママが多いのよ。王子さまのママが無事なのか、そっちも心配だわ」

「夕刊に小さな記事がのってたけど、警察が捜してくれてるんだよね？」

「うん。手紙とかなんにも入ってなかったから、ベビー服やバスケットから捜すみたいよ」

「早く見つかるといいね」

「本当に」

みどりは、うんうん、と、大きくうなずく。

実はみどりは、二度の流産のあと、医師から、子供を授かるのは難しいかもしれない、と、告げられている。

それでもあきらめきれなくて、毎朝、王子稲荷神社におまいりしているのだ。

そんなみどりにとっては、赤ちゃんを置き去りにするなど、信じがたい行為である。

だがその一方で、好んで我が子を捨てる親などいるはずない、とも思う。

しかもあんなにかわいい赤ちゃんだ。

どうしても育てられない、苦しい事情があるに違いない。

神社の境内に赤ちゃんを置いていったのも、ただ人目につきにくい場所を選んだというよりも、お稲荷さまのご加護がありますように、という、願いがこめられていたのではないだろうか。

「これも何かのご縁だし、あたしで力になれることがあるといいんだけど……」

「そうだねぇ」

吾郎は穏やかにうなずいた。

三

王子稲荷神社でみどりが赤ちゃんを発見してから三日たち、四日たち、とうとう一ヶ月がたった。

東京の桜はすっかり葉桜になっている。

しかし赤ちゃんの身元はまだ判明していない。

警察も捜査しているのだが、神社はもちろん、商店街にも防犯カメラが普及していないため、ろくな手がかりがないようだ。

「ママはどこにいるのかしらねぇ。今朝もタロと一緒に王子稲荷神社におまいりしてきたのよ」

今日もみどりは、すやすや眠る王子さまに話しかけている。

長びいていた風邪もなおり、発熱も下痢もおさまった。

少しだが背も伸びたし、やわらかな茶色の髪もすっかりふさふさになっている。

体重だけはいまだに平均に届いていないのだが、いつも哺乳瓶をくわえたまま王子さまが寝落ちしてしまうせいだ。

しかも一度眠りにつくと、しばらくはおきてくれないのである。

「王子さまはなかなか大物ね」

ぷにぷにの頬を人差し指でつつきながら、みどりはクスクス笑う。

「よろしいですか?」

病室に入ってきたのは、王子警察署の捜査員だった。

医師と主任も一緒である。

もしかして、赤ちゃんのママが見つかったのだろうか。

みどりの心臓が早鐘をうつ。

「あの……もしかして、赤ちゃんを置き去りにした親が見つかったんですか?」

「いえ、残念ながら」

若い捜査員は首を横にふった。

「バスケット、ベビー服、紙おむつなどの遺留品を調べてみたのですが、どれも大量生産品で、そこから親にたどりつくのは不可能でした。バスケットに指紋は残っていましたが、該当者なしでお手上げ状態です。また、十二月と一月に北区内で出生届がだされた男の子の所在を確認してみたのですが、行方不明になっている子はいませんでした」

「でも区内で生まれたとは限りませんよね？　里帰り出産する人も少なくないし」

みどりの問いに、主任もうなずいた。

「それを言うなら、王子稲荷神社で保護されたからって、北区に住民票がある子とは限らないわよね？　近隣の自治体の子かもしれないわ。最悪、親が出生届をだしていないケースもあるし」

「そうなるともう追い切れないので、お手上げですね。親が自分から名乗りでてくるのを待つしかありません」

捜査員はすでにあきらめモードだ。

「しかし軽快した子供を、いつまでも入院させておくわけにもいかんよ」

医師が肩をすくめる。

いくらおおざっぱな性格でも、黙っていられなかったようだ。

「わかってます。今日はそのことを相談しにきました。来月なら赤ちゃんを受け入れられるという乳児院が見つかったので、なんとか今月いっぱいお願いできませんか？」

「うーん、今月いっぱいか……」

今月いっぱい？

五月になったら、王子さまは乳児院に行ってしまうの？

「あたしが引き取ります」

思わず、みどりは口走っていた。

乳児院にうつされたら、もうこの子に会えなくなってしまう。

そんなの耐えられない。

「沢崎さんが？」

主任が驚いて聞き返した。

「はい」

その時、はじめて赤ちゃんが目をあけ、みどりにむかってにこっと笑った。ように見えた。

なんてかわいい笑顔だろう。

みどりは心臓をわしづかみにされ、倒れそうになる。

「……いえ、引き取らせてください！　審査や手続きが大変なことは承知してます。でも、あたし、この子をうちで育てたいんです！」

突然のみどりの訴えに、主任は目をしばたたいた。

医師はあっけにとられ、捜査員の顔には「ラッキー」と書かれている。

「ええと、それは、家庭で一時預かりをしたいっていうこと？　もしもこの先、親が見つからなかったら、この子が成人するまで育てるつもり？」

「あの、ええと、はい、そうなったら正式に養子にむかえます。王子稲荷の境内であたしが見つけたのは、きっとそういう運命なんだと思うんです！」

みどりは話しながら、胸の内で熱い思いがふつふつとわきあがってくるのを感じた。

そうだ、この子はうちに来る運命なのだ。

「落ち着いて。沢崎さんの気持ちはわかったけど、ご主人は賛成してるの？」

「あ」

「赤ちゃんを引き取りたいって、今、思いついたんでしょ」

主任にはお見通しのようだ。

「はい……」

「別に反対はしないけど、まずはご主人と話し合った方がいいんじゃないかしら」

「そらそうだな」

「たしかに」

医師と捜査員も、もっともだ、と、うなずいている。

「そ、そうですね……」

みどりは急に恥ずかしくなって、照れ笑いをうかべた。

主任の言う通りだ。

まずは吾郎が賛成してくれないことには、何もはじまらない。

四

吾郎は子供好きだ。

それは間違いない。

谷中の実家に、吾郎の姉が子供を連れて帰ってくると、いつもとてもかわいがっている。

だが、どこの子とも知れぬ赤ちゃんを引き取って育てたいと思ってくれるかどうかはまた別問題だ。

子育てには膨大な時間とお金と体力と、何よりも愛情が必要だし。

いきなり頭ごなしに反対はしないかもしれないが、もっと慎重に検討しよう、とか、考えさせてくれ、くらいは言われるかもしれない。

子育ては大変だが、そのかわり得るものも大きいと、誰かに証言してもらえればいいのだが。

いや、あれこれ言葉で説得するよりも、まずは病院に連れていって、王子さまと面会させるのはどうだろう。

そうだ、あのかわいい寝顔を見たら、吾郎もきっと引き取りたいと思うに違いない。

そんなふうに、つらつら作戦を考えながらみどりは帰宅した。

吾郎が帰宅したのは、いつもより少し遅い八時半ごろだった。

「ただいま。今日はずいぶんご馳走だね。何かいいことでもあったの？」

吾郎は食卓に並ぶローストビーフやエビグラタン、スモークサーモンのマリネに目を丸くする。

「別にそういうわけじゃないけど、ちょっと料理をつくりたい気分だったの」

まずは食卓に吾郎の好きなものを並べて、機嫌を良くさせようという作戦なのだ。

スウェットパジャマに着替えた吾郎が食卓につき、食べはじめたところを見はからって、みどりはおもむろに本題を切りだした。

「王子稲荷であたしが見つけた赤ちゃんね、どうも親が見つかりそうもないんだって。全然手がかりがなくて、警察も行き詰まってるみたい」

「そうなんだ」

「それでね、うちで引き取ったらどうかと思ったんだけど……」

みどりはドキドキしながら言った。

吾郎はエビグラタンを口にはこびながら、ああ、と、うなずく。

「やっぱりね」

特に驚いたり、とまどったりした様子はない。

むしろ吾郎の落ち着き払った態度に、みどりの方がとまどいを感じるくらいだ。

「あたしの話、ちゃんと聞いてる？」

「うん。赤ちゃんをうちで引き取るって話だろ。毎日、赤ちゃんの話ばかりしてるから、これはそのうち引き取りたいって言い出すんだろうなって思ってたよ」

まるで「今日の晩ご飯はきっとカレーだと思ってたよ」くらいのあっさりした口調だ。

どうも吾郎は、この話がでることを、前々から予想していたらしい。

「あ、あら、そう？　ええと、赤ちゃんってけっこう大変だけど……」

「知ってるよ。職場で同僚の愚痴をよく聞くから。夜は全然眠れないとか、昼も全然眠れないとか、近所にものすごく気をつかうとか、動くようになると何でも口に入れるし、思いっきりかみつくし、ありとあらゆるものを破壊しつくすとか」

「うっ」

なにもかもその通りである。

ただ予想していただけでなく、リサーチもすんでいるようだ。

わが夫あなどりがたし、というべきか、頼りになるというべきか。

これは説得に時間がかかるかもしれない。

「でも、いいって言うまで、君は毎日、僕を説得しようとするよね？」

「えっ、ど、どうかしら」

みどりはしらじらしく目をそらした。

違うとは言い切れない。

いや、正直、そのつもりだった。

「いいよ、うちで引き取ろう」

「えっ!?　いいの!?」

みどりは耳を疑った。

「僕は無駄な抵抗はしない主義なんだ。まずは必要な手続きを調べてみようか」

「……ありがとう！」

肩にはいっていた力が抜け、みどりの表情がゆるむ。

「ありがとう、ありがとう、吾郎さん」

みどりは立ち上がると、吾郎の背中に腕をまわす。


王子稲荷神社があざやかな新緑につつまれる頃、沢崎家に新しい家族がふえたのだった。

第四夜

金の瞳がハロウィンの宵闇にかがやけば

秋も深まる十月末の午後五時半ごろ。

すでに日は落ち、あたりは宵闇《よいやみ》につつまれているが、王子稲荷神社の境内には照明がともり、おまいりできるようになっている。

いつもは暗くなると、静かな境内に、虫の合唱だけがにぎやかに響くのだが、この日は違った。

王子第二小学校の五年生が男女あわせて十名ほど集まっていたのだ。

「なんだって十月に肝試《きもだめ》しをすることになったんだ？　ふつう真夏だろ」

江本直希《えもとなおき》は両手をポケットに入れ、うっすらそばかすのういた顔で、あたりをこわごわと見回す。

「ハロウィンだからじゃね？　賞品はお菓子だって聞いたぜ」

同じクラスの岡島航平《おかじまこうへい》は、この頃はまだおっさんくさくないが、すでに食いしん坊であった。

「これで全員か？　じゃあ肝試しをはじめるぞ」

牛島健司《うしじまけんじ》が両手を腰にあてて宣言した。

牛島は身体が大きく、態度も大きいので、ひそかに「王二のジャイアン」とよばれるボス格の存在である。

「肝試しのルールは簡単だ。二人一組で坂道の上にあるお穴さまで行って、証拠になるものを置いてくること。途中で逃げだしてお穴さままで行けなかった奴は失格だ」

お穴さまというのは、王子稲荷神社の裏山の中腹にある洞穴《ほらあな》で、昔は狐が棲んでいたらしい。しかし今は何も棲んでいないので、かわりに一対の小さな狛狐が置いてある。

「証拠になるものなんて持ってないよ」

江本のポケットに入っていたのは、かんだガムを銀色の紙でつつんだものくらいだ。

「紙きれに名前書いとけばいいんじゃない？　筆記用具貸すよ」

困っている江本に助け船をだしてくれたのは、かわいいえんじ色の眼鏡をかけた光《みつ》本紗那《もとさな》だ。

「ありがとう」

「おれもいいかな？」

光本に手をのばしたのは、いつも教室で寝てばかりいる沢崎瞬太だ。

どんなに先生に注意されても授業中の居眠りをやめないので、先生の方が根負けして注意するのをあきらめたという居眠り大王だが、その正体が化けギツネだというのは、クラス全員が知っている公然の秘密である。

化けギツネというのは、たぶん妖怪なのだが、人畜無害なのでみんな気にせず同級生として受け入れている。

掃除の時間にモップを握り、立ったまま寝ていたが、バランスを崩してバタンと転んだところを目撃して以来、江本も何となく瞬太は憎めないやつだと思っているのだ。

男子たちは光本がくれたノートの紙をやぶって、自分の名前を書いていった。

じゃんけんで負けた順に出発することになったのだが、いきなり一番手をひきあてたてしまったのは、江本・岡島ペアだ。

「こ、こういうのはさっさとすませた方が気楽だから、一番でよかったよ」

江本はから元気でうそぶき、岡島とともに、社殿の裏手からお穴さまへと続く細い石段をのぼりはじめた。

裏山は樹木がうっそうと生い茂っていて暗いが、道ぞいに照明がついているので、それほど怖くはない。

ただ、狭くて急なので、歩きにくくはある。

「足もと気をつけろよ」

岡島が懐中電灯で足もとを照らしてくれた。

こいつけっこう頼りになるんだな、と、江本が感心したのもつかのま。

ふと顔をあげると、暗いお穴さまの前に、白いキツネの生首がぼうっとうかびあがっていたのである。

らんらんと輝く金色のつり目。

朱《あか》い目尻。

薄紅《うすべに》色の鼻筋。

「ギャー！　でたー！　キツネのオバケー!!」

江本は絶叫し、腰をぬかした。

「落ち着けよ」

冷静な岡島が懐中電灯で照らすと、生首に見えたのは、白狐の人形の頭部だった。

ただ、二十センチほどもある大きなものだ。

「よく見ろ。ただの人形だ」

「人形は人形で怖いよ！　しかも頭だけなんて、呪いの人形かもしれないだろう!?」

江本は腰をぬかしたまま、這うようにしてその場から逃げ帰ろうとした。

だが、今度は境内の方から、ゆらゆらと青白い光が近づいてくる。

「ひ、人魂っ……！」

「え？」

「おれはもうだめだ！　岡島、おまえだけでも逃げろ！」

江本はポケットの中に入っていた紙きれやガムを手当たり次第に人魂にむかって投げつけた。

「イタタ、やめてよ！」

「む、その声は……」

またも冷静な岡島が懐中電灯をむけると、石段のなかほどに立っていたのは、瞬太だった。

ぼうっと光っている右のてのひらを、背中の後ろにかくす。

どうやら狐火だったようだ。

「沢崎？　なんでここに？」

「すごい悲鳴だったから。二人とも大丈夫？」

他の子供たちはみんな、江本の絶叫を聞いて、境内から逃げだしてしまったのだという。

「それで沢崎が来てくれたのか」

「も、もちろんおれもすごく怖かったんだぜ！　キツネのオバケなんて見たことないし」

「え？　だっておまえこそ……」

自分が化けギツネじゃないか、と、言いかけた時。

「そういうことにしておいてやれよ。本人がそう言ってるんだから」

岡島に言われ、そういうものか、と、江本もうなずく。

江本、岡島、瞬太の三人は、名前を書いた紙を人形の頭の横に置いて、無人の境内に戻った。

「みんな逃げだしちゃって、そのまま家に帰ったみたいだな」

瞬太があたりを見回していると、いなり坂の方から、女子がひとり戻って来た。

「光本？　帰ったんじゃなかったの？」

「これを渡さなきゃって思って」

光本が三人にさしだしたのは、肝試しの賞品のドーナツだった。

「あたし以外はみんな帰っちゃったから、三人でわけていいよ」

「まじか⁉　ラッキー」

岡島は大喜びだ。

「でも光本は真っ先に悲鳴をあげて境内から逃げだしてたのに、よく戻って来る気になったね」

瞬太によると、江本の悲鳴に続いて、光本も悲鳴をあげて逃げだし、その後、雪崩をうって全員が逃げだしたのだという。

「だってキツネのオバケなんかいるわけないもん」

「不気味なキツネの人形あったぜ。しかも頭だけ」

江本はおそろしい顔立ちを思い出して、身震いした。

「ああ、あれは文楽《ぶんらく》で使うキツネの人形だよ」

光本はにっこり笑う。

「ブンラク？」

「うん、文楽。別名は人形浄瑠璃《にんぎょうじょうるり》。おじいちゃんが昔、知り合いからもらったんだって。頭の下に、胴体や尻尾もたたんで置いてあるよ。暗くて見えなかった？」

「ってことは、あの人形を置いたのは……」

「うん、あたし。何もないと肝試しにならないから」

あっけらかんと光本に言われ、すっかり力がぬけた江本は、へなへなと地面にくずおれた。

「いや、まじに怖かったぜ」

「光本は狐の人形を自分で置いたのに、なんで、真っ先に悲鳴をあげたの？」

瞬太の疑問に、光本はいたずらっぽくほほえむ。

「肝試しを盛り上げるためだよ」

「な、なるほど」

江本はうなずきながらも、なにもそこまでやらないでも、と、心の中でぼやいた。

「ついでに、牛島をびびらせてやろうと思って。あいつ、いつもあたしのことをチビよばわりして偉そうにしてるから、むかついてたんだよね。でも今日は今にも泣きそうな顔して逃げだしてった。江本君の迫真の悲鳴のおかげだよ、ありがとう」

「え、あ、そう？」

別に迫真の演技だったわけではなく、江本は本気で怖かったのだが、女子に感謝されると気分がよくなってしまう。

「まあ、面白かったよな」

つい、格好つけてしまう江本だった。


肝試し事件以降、なんとなく江本、岡島、瞬太の三人は仲良くなり、同じ中学、高校へとすすむことになる。

だが、瞬太は狐火までだしておきながら、自分の正体がばれていることにはまったく気づいていないのであった。

第五夜

初恋

一

はじめてあの人と会ったのは、中学三年生の冬の放課後。

「王子稲荷神社の近くにできた陰陽師の占い屋で沢崎がバイトしてるらしいよ。校内新聞にのってた。春菜《はるな》も一緒に行ってみない？」

親友の怜《れい》ちゃんに誘われて、一緒に陰陽屋へ行ったのだ。

雑居ビルの狭い階段をおりた先にあったその店は、なんだか不思議な空間だった。

黄色い提灯を手にした同級生が、ふさふさの尻尾をゆらしながら、黒く重いドアのむこうにあたしたちをいざなう。

ほの暗い店内でゆれる蠟燭の灯り。

ほんのりただようお香、古い和綴じの書物、見たことのない道具。

そんな中にあらわれたのが、少女漫画からぬけだしてきたような、長い黒髪に白い狩衣の陰陽師だった。

「いらっしゃいませ、陰陽屋へようこそ」

凛としたよく通る声に、優しい笑顔。

それが店長の、安倍祥明さん。

まるで平安時代からタイムスリップしてきたような、たいそう和服が似合う店長さんと沢崎君を、あたしたちは大晦日の「狐の行列」に誘った。

二人が参加したら絶対に人目をひくこと間違いなかったし、何より、一緒に行列を歩くあたしたちも楽しいと思ったから。


ずっと楽しみにしていた大晦日の狐の行列。

真夜中の屋外なのに、ちっとも眠くないし、寒くない。

ドキドキしすぎて、熱がでていたのかも。

まずはスタート地点である装束稲荷神社の近くに集合して、みんなで写真撮影会。

それから順番に整列して、午前〇時とともにゆったりと歩きはじめる。

四十分ほどで、行列の終着点である王子稲荷神社が見えてくる。

みんなでおまいりをしたら、おみくじを買って、それからお神楽を見物して。

そんなことを考えながら境内にむかう石段をのぼっていたら、突然、何か大きなものが目の前に落ちてきた。

後でわかったことだけど、それは石段で下駄をすべらせた男性の巨体だったのだ。

「春菜！　逃げて！」

怜ちゃんが叫んだけど、あたしは足がすくんで動けない。

「あぶない！」

とっさに沢崎君が助けてくれたおかげで、あたしは足のねんざだけですんだ。

でも、けっこう痛くて、とても家まで歩いて帰れそうもない。

両親はそれぞれ旅先なので、むかえに来てもらうこともできない。

どうしよう、と、思っていたら、王子稲荷神社の近くにある沢崎君の家で、看護師をしているお母さんが手当てをしてくれることになった。

「じゃあ、おれ、肩をかそうか？　それともおんぶの方がいい？」

沢崎君が家まで連れていってくれようとしたのだけど。

「着物のお嬢さんにおんぶはないでしょう」

声がした瞬間。

あたしの身体はふわりと浮かんでいた。

目の前に、満天の星がひろがる。

鼻腔をくすぐる、ほのかな煙草のにおい。

「…………‼」

何がおこっているのか、とっさにわからなかった。

みんながあっけにとられて、こちらを見ている。

三秒くらいして、ようやく自分が店長さんにお姫さま抱っこされていることに気がついた。

「あ、あの……っ⁉」

びっくりして話しかけようとしたけれど、端整な顔があまりにも近くにあったので、心臓が破裂しそうになった。

「ご不自由でしょうが、しばらく我慢してください」

至近距離で見る、とびきり素敵な笑顔。

鏡がなくても、自分の顔が真っ赤に染まっていくのがわかる。

「手は肩にまわしていただけますか？」

「は、はい……」

うわずる声で答えると、胸の前で握りしめていた手をひらいて、おずおずと白い狩衣の肩にまわす。

神様、神様。

かすかに手が震えているのに、気づかれませんように。

それからあたしのはずかしいくらい大きな心臓の音を。

あがりきった体温を。

目もくらむような数分間。

広い胸にかかえられて見た、さえざえと美しい冬の星空を、あたしは一生、忘れることはないだろう。

それは予感ではなく、確信だった。

二

春。

都立飛鳥《あすか》高校に進学したあたしは、陶芸部にはいった。

中学では美術部だったけど、体験入部した陶芸部でひんやりした土をこねてみると、とても心が落ち着いたのだ。

できあがった湯呑みやお皿は、どれひとつとして同じにはならない。

ちっとも思い通りの色や形に仕上がらないけど、そこがまた楽しいのだ。

九月の文化祭では、一年生も作品を展示販売することになっていて、あたしも夏休み返上で学校へ通った。

でもあたしみたいな初心者の作品、たとえ百円でも売れないいんじゃないかなと心配していたら、同じクラスの沢崎君がお皿を予約してくれたので、ちょっと気が楽になった。

たとえ一個だけでも予約が入ると、張り合いがでる。

あたしは一所懸命、文化祭用のお皿や湯呑みをつくって当日を待った。

文化祭当日は、怜ちゃんをはじめ同級生たちが買ってくれたのだけど、その他に、会ったこともないおばあさんが、

「あらいい色ね。使いやすそうだし」

と、湯呑みを一個買ってくれたのがすごく嬉しかった。

でも寂しいこともあった。

たいていどの同級生の家でも、親かきょうだいの一人や二人は文化祭に来ていたけれど、うちはお父さんもお母さんも来なかったことだ。

いつものようにお母さんは登山で、お父さんはこの連休、南半球までスキー旅行にでている。

自分では気にしてないつもりだったけど、沢崎君のお父さんとお母さんがそろって来ていると聞いた時、急に寂しさやうらやましさがこみあげてきた。

そういえば、大晦日の狐の行列にも、沢崎君のお父さんとお母さんはこっそり参加していた。

沢崎君は、赤ちゃんの時、今の両親にひきとられた養子だ。

沢崎君は「実の親子じゃないのに、仲が悪かったら、一緒になんて暮らせないしね」なんて言ってたけど。

実の親子どころか、化けギツネの子供である沢崎君を、両親は、だいじにだいじに愛情をたっぷりそそいで育ててきたのだろう。

うちの両親は文化祭にも体育祭にも来ない。

年末年始も家にいない。

もう何年もずっとそうだ。

たとえ実の親子でも、ばらばらに生活していたら、もう、家族とはよべないんじゃないかな……。

ふとそんな想いが胸をよぎる。

だめだめ、気にしない、気にしない。

あたしは自分に言い聞かせると、胸の奥底のドアに厳重に鍵をかけた。

文化祭の日はなんやかやで忙しくて、沢崎君にお皿を渡せなかった。

沢崎君はちゃんと陶芸室まで来てくれたんだけど、たまたまその時、あたしがいなかったのだ。

翌週渡してもよかったんだけど、陰陽屋まで届けに行くことにした。

いつもの狭い階段をおりて、黒いドアを開けようとしたけど、鍵がかかっている。

「そうか、日曜日だからお休みなんだ……」

店長さんがいれば、お皿を預かってもらえるんだけど。

あたしはドアをノックして、しばらく待った。

一分ほど待ったけど、何も反応がない。

誰もいないのかな。

もう一度ノックしてみたけど、やっぱり無反応だ。

あきらめて階段をのぼりかけた時、キィ、と、音がして、ドアがあいた。

顔をだしたのは、真っ白なスーツ姿の店長さんだ。

いつもの白い狩衣姿も素敵だけど、スーツもとても似合っていて、どぎまぎしてしまう。

そういえば校内新聞に、店長さんは以前、伝説のカリスマホストだったと書いてあった。

こうしてお洒落なスーツ姿を目のあたりにすると、カリスマホストだったのも当然だと思える。

典雅なのに、どこか色っぽいのだ。

「おや、こんにちは、お嬢さん。あいにく今日は定休日ですが」

見慣れているはずの笑顔も、なんだか一段とまぶしい。

「あの……あたし、沢崎君に、お皿を頼まれていて……」

「ああ、キツネ君の。童水干を戻しに来るはずなので、店内でお待ちください」

店長さんの案内で、あたしは奥のテーブル席についた。

店長さんも、あたしのむかいの席に腰をおろす。

「キツネ君がいないので、お茶もおだしできませんが」

「いえ、全然おかまいなく」

あたしは頭を左右にふる。

よく考えたら、店長さんと二人きりって、初めてだ。

陰陽屋には何度も来たことがあるけど、いつもは怜ちゃんや沢崎君がいるから。

何を話したらいいのだろう。

なんだか緊張して、思わず視線を下にむけてしまう。

「文化祭はいかがでしたか？」

店長さんが話題をふってくれたので、ほっとした。

「あ、ええと、あたしは陶芸部の展示販売と、クラスの段ボール迷路のかけもちだったんですけど、両方とも無事に終わりました」

「私も少し文化祭をのぞいてきたのですが、なかなかの人出で、ずいぶんにぎわっていましたね」

「はい。保護者や卒業生もたくさん来てくれてびっくりしました。沢崎君のご両親も、二人そろって来ていたみたいだし……」

そこまで言った時、胸の奥底のドアがカタッと音をたてたので、あたしはあわてて押さえ込んだ。

だめだめ。

絶対に開かないで。

「キツネ君の両親がどうかしましたか？」

店長さんはきれいな顔を少し傾けて、あたしの目をのぞきこんだ。

「いえ、別に……」

あたしはとっさに目を伏せる。

「今日は定休日ですから、苦情でも愚痴でも、何でも聞きますよ」

「そんな、苦情なんて、とんでもない。沢崎君のご両親には何もありません」

「ではキツネ君ですか」

「違います。あたしです……。あたしが勝手にうらやましがってるだけで……」

「うらやましい？　キツネ君が？」

「……沢崎君は、両親に愛されてますよね……あたしと違って」

口にした瞬間、胸の奥底のドアが、バン、と、音をたてて開いてしまった。

ずっと封じ込めてきたどす黒い気持ちがふきだしてくる。

「あたしは親に愛されてないから……」

あたしは両手で自分の口をふさいで、うつむいた。

ずっと気がつかないふりをしてきたけど、つまりはそういうことだ。

自分の言葉が、胸につきささり、心臓をえぐる。

「あたしの親は、学校行事に来ないのはもちろん、いつも留守がちで、特に年末年始は絶対いなくて……。いつも狐の行列が終わって家に帰ると、誰もいないんです。お正月は必ずひとりですごさないといけなくて……。家内安全のお守りを買ったら、うちも沢崎君の一家みたいに仲良くなれますか……？」

あたしは泣き笑いでぐしゃぐしゃになった顔で尋ねた。

「お嬢さんに必要なのは家内安全ではなく、勇気ですね」

店長さんはあたしの話にあきれたり、驚いたりすることなく、穏やかに答える。

「勇気……？」

「自分の気持ちをご両親にぶつけたことはありますか？」

「いえ……言っても無駄だし、困らせるだけだと思って……」

「ふむ」

少々お待ちください、と言うと、店長さんは立ち上がって、几帳の奥の部屋から墨汁と筆と和紙を持ってきた。

白いスーツの上着を脱いで、筆を持つと、不思議な文様のような文字をさらさらと書く。

「できました。陰陽屋特製、勇気のでるお守りです」

「えっ？」

「今度ご両親に何か言いたいことがあったら、飲み込まないでぶちまけてしまうといいですよ。突然ご両親が過保護になることはないかもしれませんが、少なくともお嬢さんのストレスは解消されてすっきりします」

「すっきり?」

「はい。すっきりさっぱりです」

店長さんはにっこりと極上のほほえみをうかべる。

「実のところ、親なんかどうでもいいんですけどね。あと二年もすれば、わざと遠くの大学へ進学することで平和的に絶縁可能ですから」

店長さんは墨文字をかわかしながら、にこやかに言い放った。

もしかしたら店長さんも、ご両親とは何かあったのだろうか。

「でも、言うべきことはきっちり言ってください。ストレスがたまると胃やお肌によくありませんからね」

「……はい」

あたしはできたてほやほやのお守りを受け取って、うなずく。

店長さんがあたしのために書いてくれた、世界でたったひとつの特別なお守り――。

ちょうどその時、入り口のドアをあけて沢崎君が入ってきた。

「三井《みつい》!?」

あたしがいたので、すごくびっくりしている。

「これ、沢崎君が予約してくれたお皿」

「あっ」

あたしはお皿を渡して二百円を受け取ると、鞄を持って立ち上がった。

「あの……店長さん、いろいろありがとうございました」

ぺこりと頭をさげる。

「またいつでもどうぞ」

優しいほほえみに、どきりと心臓がはねる。

階段をのぼりながら、勇気のでるお守りを入れた鞄をぎゅっと胸に抱きしめた。

鞄をおしあてた胸は、なぜかとてもあたたかかった。

三

「陰陽屋の店長さんを携帯の待ち受け画面に設定すると、御利益《ごりやく》があるらしいよ」

そんな噂が飛鳥高校の女子の間でひろまったのは、文化祭が終わった頃だったろうか。

「へぇ、御利益って、たとえばどんな？」

怜ちゃんが肩をすくめる。

「いろいろだよ。成績アップとか、恋愛成就とか」

「あはは、店長さんを待ち受けにしただけで成績があがるなら苦労しないよ」

「だよね」

そう言いながらも、みんなそれぞれお気に入りの店長さんの画像を待ち受けに設定していたみたいだ。

怜ちゃんだけは「ありえない」って一蹴《いっしゅう》してたけど。

でも気がつけば、狐の行列や、晴れ乞いの儀式をはじめとして、自分も店長さんの画像をけっこう持っていることに気づく。

コレクションというほどじゃないけど、二十枚、いや三十枚以上ある。

「成績アップ……したらいいよね」

信じてるわけじゃないけど、ものは試しっていうか？

だって効果があるかどうか、試してみないとわからないし。

自分に言いわけしながら、あたしも待ち受けに店長さんの画像を設定した。

でも、携帯電話を使うたびに店長さんの笑顔とでくわすのは、まあまあ心臓に悪い。偶然、沢崎君に待ち受け画像を見られてしまったこともある。その時はちゃんと「成績アップのためだよ」と言えて、沢崎君も納得してくれたんだけど、内心ではすごく焦りまくったのだった。

四

高校一年の冬のはじめ。

あたしはついに、いつも年末年始にひとりで留守番するのは寂しい、と、両親に告げた。

店長さんのお守りがあたしに勇気をくれたのだ。

あたしの気持ちにまったく気づいていなかった両親はびっくりして、今年は家族で正月をむかえよう、と言ってくれた。

そこまでは良かったんだけど、お母さんは、家族三人でキリマンジャロへ行こうと言い、お父さんは家族で上越《じょうえつ》スキーに行こう、と、それぞれ主張して譲らないのだ。

板挟みになってしまったあたしは、困り果てて、陰陽屋へ両親を連れていった。

店長さんの占いで決着をつけてもらうしかないと思ったから。

でもやっぱりお父さんもお母さんも、自分の主張を譲らない。

「北東がいい」という占いの結果が気に入らなかったのだ。

「今年はもうあきらめるか」

「そうね、今回はちょっと急すぎたわ。春菜はどっちか好きな方についてくるといいわ。来年から三人一緒に年末年始をむかえることにしましょう」

ああ、結局こうなるんだなぁ。

あたしはストレスで熱までだして寝込んだけど。

結局、二人とも、あたしよりも山やスキーの方が大事なのだ。

前からわかっていたことだし、別に驚いたり怒ったりはしない。

一緒に行こうって言ってくれたし、少しは愛されてることがわかって良かったじゃない。

山とスキーの次だけど。

あきらめと、寂しさと、もうこれ以上もめないですむという残念な安堵感とがあたしの中でうずまいていた時、店長さんがピシッと扇をとじる音が店内に響いた。

「来年があるといいですね」

凛とした声が冷ややかに言う。

「どういう意味？　まるで来年がこないみたいな言い方するわね。まさかマヤ暦の占い？」

お母さんが首をすくめる。

「家族は永遠だけど、スキーや登山には旬のタイミングがあるという発想が甘いと申し上げているんですよ。家族三人そろってすごせるチャンスは今年が最後かもしれない、それでもあえてスキーや登山を優先する覚悟がご両親にはあるんですか？」

「そんな大げさな」

「春菜さんはもう十六ですよ。結婚以外にも、海外留学とか、地方に進学、就職するとか、お嬢さんが独立する時期はもう遠くないでしょう。そのことは覚悟しておられるんでしょうね？」

店長さんの厳しい言葉に、さすがの両親もうろたえた。

でも、両親以上に、その言葉に胸を貫かれたのはあたしだった。

そんなこと、きちんと考えたことなかったけど。

もしも。

もしも今年が最後のチャンスになるのなら……？

まただ。

また胸の奥のドアが、カタカタと音をたてている。

「あたしは、ずっとお父さんとお母さんと……王子で……」

あたしの口からでた声は、かすれて、ふるえている。

二人はあからさまにほっとした顔をしたけど。

本当に？

本当にそうなの、春菜？

あたしの中で、ぐるぐると自問自答がかけめぐる。

店長さんは身をかがめて、まっすぐにあたしの瞳を見た。

「お嬢さん、永遠に女子高生でいられるわけじゃないんですよ」

「……………！」

その時、あたしの胸の奥の何かがはじけて、ドアが砕け散った。

そうだ、十六才の年末年始は、一度きり。

あたしはお母さんと登山をしたい？

それともお父さんとスキーをしたい？

違う。

もしこれが、王子でむかえる最後のお正月かもしれないのなら。

あたしの願いは。

「店長さん、あたし、今、気がつきました」

「ほう？」

「お父さん、お母さん、ごめんね。あたし、やっぱり、キリマンジャロにも、上越にも行けない。狐の行列をみんなと一緒に歩きたいの！」

あたしは、店長さんと一緒に、狐の行列を歩きたい。

それ以上の新年のむかえ方なんて考えられない。

あたしは、力強い腕にかかえあげられて星空に浮いたあの瞬間から、ずっと店長さんが好きだった。

待ち受けにしてるのも、成績アップのためなんかじゃない。

ずっとこの人が好きだから。

たとえ来年、地球が滅ぶとしても、あたしは好きな人と一緒にもう一度狐の行列を歩きたい。

それがたったひとつの願い。

あたしの願いは神様に届き、十六の冬も、狐の行列で新年をむかえたのだった。

五

その後も、トラブルや悩みごとがあるたびに、あたしは陰陽屋へ相談におとずれた。

店長さんは、いつもきちんとあたしの話をきいて、適切なアドバイスをしてくれる。

うちは両親があてにならないぶん、ついつい店長さんを頼りにしてしまうのかもしれない。

もちろん店長さんは、ただの親切ないい人じゃない。

あくまで仕事として相談にのってくれているだけ。

そんなことはわかっている。

それでも、あたしにとって、一番頼りになる存在であることにかわりはないから。


高校二年の夏。

偶然、沢崎君と教室で二人きりになった時。

さっき教室からでていった三年生の女子と沢崎君、付き合っているのかと思った、といったようなことをあたしが言ったのがきっかけだった。

「おれが好きなのは三井だし……」

突然の言葉に、あたしはびっくりする。

「……え？」

今のは、聞き間違い？

あたしがびっくりしていると、沢崎君の顔がみるみるうちに赤くなり、耳が三角に変化していった。

聞き間違いでも、冗談でもない、本気の告白……？

沢崎君が、あたしのことを好きだなんて、全然気がついていなかった。

沢崎君はいつも明るくて、元気で、教室でも陰陽屋でも、あたしを助けたり、はげましたりしてくれる友だちで。

沢崎君は、中学生の時からの、仲のいい友だちで。

沢崎君が、あたしのことを、好き……？

「な、何でもない……！」

沢崎君はわたわたと鞄をかかえて、教室からとびだそうとした。

「待って！」

あたしはとっさに手をのばし、シャツの背中をつかんだ。

「逃げないで……」

「別に逃げるわけじゃ……えっと、そう、バイトに……」

「ごめん、でも、去年の文化祭の時も……」

沢崎君は、自分が化けギツネだと明かした後、いきなり逃げだしたのだった。

本人もその時のことは覚えていたのだろう。

真っ赤な顔で、ゆっくりと振り返る。

「あの……」

自分でよびとめておきながら、すぐには言葉がでてこない。

どう言えば、沢崎君を傷つけないだろう。

金色にかがやくきれいな瞳をまっすぐ見ることができなくて、あたしは目を伏せる。

「あの、あたし、沢崎君のことは、大好きなんだけど……でも……」

「…………」

沢崎君は、無言で唇をひきむすぶ。

嘘はつきたくない。

ううん、つけない。

「あたし、好きな人がいるの……」

「……祥明？」

沢崎君の唇から店長さんの名前がでて、あたしの心臓は大きく跳ねた。

あまりの恥ずかしさに、頭のてっぺんまで血がのぼり、顔も、耳も、首も赤く染まっていくのが、自分でもわかる。

「気がついてた……？」

「何となく……」

「そう……」

つまり、あたしの態度にでていたってことだよね？

ああ、もう、穴があったら入りたい。

「いつから……？」

沢崎君は、あさっての方を見ながら尋ねた。

「えっと……はじめて店長さんのことを意識したのは、狐の行列の時かな。あたしが王子稲荷の階段から落ちて足首をくじいた時、抱え上げてもらったんだけど……ふわって身体が地面から浮いて、きれいな冬の星空が目にはいって、ほんの少し煙草のにおいがして……店長さんの素敵な笑顔に時間が止まったの。ああ、大人の男の人なんだって」

「そんなに前から……」

「その時は、まだ、はっきり好きって思ってたわけじゃないの。ただ、あたしが迷ってる時や困ってる時は、いつも的確なアドバイスをくれるし、励ましてくれたり、すごく頼りになって……優しい人だなって、いつもまぶしく感じてた」

そうだ。いつもまぶしかった。

あたしよりはるかに大人で、いろんなことを知っていて、頭がよくて、どこかつかみどころがなくて、謎めいているのに優しい人。

「携帯の待ち受けを店長さんの写真にしてたのも、好きっていうより、御利益目当てっていうか……。自分でも、ただ、あこがれてるだけだって思ってた」

そうだ、あの頃はまだ、自分に言いわけしてた。

本当の気持ちを、胸の奥にしまいこんで、気づかないふりをしていたのだ。

あの時までは。

「でも、去年の冬休み、パパのスキーとママの登山のどちらの計画をとるか、板挟みで困ってた時、店長さん言ったでしょ？　来年の冬は、あたしはもう王子にはいないかもしれないって」

「覚えてるよ。三井はみんなと狐の行列を歩きたいから、スキーにも登山にも行かないって決めたんだよね」

「あの時、はじめて、はっきり自覚したの。あたしは、もしこれが王子での最後のお正月になるんだったら、店長さんと狐の行列を歩きたい、って……」

「そうだったんだ……」

沢崎君は小さな声で言う。

「……祥明には言わないの？」

「うん。店長さんにとって、あたしは、いっぱいいるお客さんのひとりにすぎないってこと、わかってるから」

窓のむこうの積乱雲にむかって、ささやいた。

下をむいたら、涙がこぼれてしまいそうで。

「そう……かな？」

「そうだよ」

どうしてあの人を好きになってしまったの？

かなうはずなどない恋なんて、苦しいだけなのに。

「ずっとこのままでいいの？」

「わからない」

「もしも祥明がいなかったら、おれのこと好きになってた？」

「……わからないよ」

「そうだよね」

それきり沢崎君は黙り込んでしまう。

蝉の声だけが、教室にこだましていた。

六

完全な片想いなのはわかっているから。

相手を困らせるだけだから、言えない想いだ。

わかっている。

あたしに優しくしてくれるのは、陰陽屋の常連客だから。

でもこの想いを伝えたい、でないとこの恋がなかったことになりそうで……。

あれは高校二年生の冬、やっぱり狐の行列の準備で王子じゅうが浮き立っていた頃だった。

いつものように怜ちゃんと行った陰陽屋に、山科春記《やましなはるき》さんが来ていたのだ。

店長さんの親戚でもある春記さんは、妖怪博士の異名をもつ、ちょっと不思議な人だった。

年齢は四十代だろうか。

見るからに高そうなスーツや時計を身につけた、知的でお洒落な紳士だ。

いつもは京都で暮らしているけど、妖怪学の学会に出席するために東京出張しているという。

あたしは春記さんに王子を案内するかわりに、無料で占いをしてもらえることになった。

もちろんあたしが一番信頼している占い師は陰陽屋の店長さんだけど、店長さんには相談しづらい悩みがあったのだ。

冷たい雨ふりの午後、あたしと春記さんは、陰陽屋の近くにある喫茶店に入った。

幸い店内はほどよくすいている。

「恋占いかな？」

春記さんの鋭い質問にどぎまぎしながら、あたしはうなずく。

「あの……あたし、ずっと片想いをしている人がいるんです」

「気持ちは伝えたの？」

「まだです」

「相手はフリーなの？　もしかして彼女がいる人？」

「フリーみたいですけど、でも、あたしのことは何とも思っていない……嫌いでもないけど、好きでもないみたいで……親切にはしてくれるんですけど……」

自分で説明していて、つらく、苦しくなってしまう。

「つまり君の気持ちに気づいていない様子なんだね」

「そうみたいです。このままあたしが何も言わなかったら、きっと一生気づいてもらえない……。伝えなかったら、あたしの恋もなかったことになりそうで……」

「だから、思い切って告白してみようと？」

あたしはこくりとうなずいた。

「でも、伝えたからって、うまくいくとは限りませんよね。たぶん、あたしが何とも思われてないっていうのがはっきりするだけ。もしかしたら、すごく気まずくなっちゃうかもしれない。そう考えたら、怖くて……どんどん迷うばっかりで、自分では答えがだせなくて……。それで占いをお願いしたいんです」

自分でも情けなくなるような相談に、春記さんはにっこりとほほえむ。

「恋する乙女の永遠の悩みだね。かわいいお嬢さんのために全身全霊で占うって約束するよ。君と相手の生年月日は？」

「相手の生年月日がわからないと占えませんか？」

店長さんの誕生日はわからないのだ。

わかったらあまた存在する占いサイトが使えるのだけど。

「いや、大丈夫だよ。君の運勢をもとに割りだしてみよう」

あたしが自分の誕生日を告げると、春記さんは本をひらいた。

四柱推命の本のようだ。

「出生地は東京？　時間はわかる？」

「午後三時頃です」

「ということは……」

春記さんはあごをつまんで、首をかしげた。

あたしは息をころし、答えをじっと待つ。

「ああ、やっぱり」

春記さんのつぶやきに、あたしはビクッとした。

「近々、時がおとずれる、と、でているね」

「時がおとずれる……？」

わかるような、わからないような答えに、あたしは首をかしげた。

「んー、まあ、告白しちゃってもいいんじゃないかな？」

「えっ……!?」

ずいぶんあっけらかんとした春記さんの答えに、あたしはとまどった。


その夜、あたしは怜ちゃんに電話して、春記さんに占ってもらったことを話した。

「近々、時がおとずれる……って言われたの」

「ふーん、よくわからないな」

「だよね」

「山科春記って有名な妖怪学者らしいけど、所詮、占いは素人なんだよね？　気にしないでいいんじゃない？」

怜ちゃんの答えはいつも明快だ。

月曜日の昼休み。

「まだ例の占いが気になってるの？」

あたしがラーメンのスープをひとくちすすったあと、れんげを持ったままぼーっとしていたら、怜ちゃんにあっさり見抜かれてしまった。

「うん……」

「時がおとずれるって、どういうことなのかな。全然意味がわからないんだけど。つまり告白のベストタイミングが近いってこと？」

「たぶん……」

「近々って、今週ってこと？　それとも来週？　まさか来年じゃないでしょうね？」

「わからないの」

あたしは頭を左右にふった。

「どうせなら、成功の確率が高い日を占ってもらえばよかったのに」

「聞いたよ。でも、その時がきたらわかる、の一点張りなの。いきなり今日だったらどうしよう。緊張する……」

「春菜」

浮き足だったあたしの様子に、怜ちゃんはあきれ顔になる。

「今日は授業にも全然集中できなくて、だめだめなの。何をしていてもうわの空になっちゃう」

なんだか春記さんに、呪いをかけられたみたいだ。

思わずあたしの口からため息がでる。

「占いなんかにふりまわされちゃダメだよ。あんなの、所詮、当たるも八卦、当たらぬも八卦なんだから。しかも山科さんって占いは素人なんでしょ？　もう忘れちゃえば？」

怜ちゃんは一昨日《おととい》の言葉を、強めに繰り返した。

「うん……」

「しっかりして。そんな調子でぼんやり道を歩いてたら、事故にあっちゃうよ」

「うん……」

怜ちゃんの言葉が、耳に入っているけど入らない。

あたしはひたすら生返事だ。

「……今日、告白、しようかな」

「は⁉」

怜ちゃんはびっくりして、スプーンを落としそうになった。

「ずいぶんいきなりだね。バレンタインまで待ったら？　せめてクリスマスとか」

「この緊張感がずっと続いたら、とても生きていられないよ。怜ちゃん、お願い、一緒に陰陽屋さんへ行って。も、もちろん、お店の前まででいいから」

「……今週はずっと部活が終わるの遅いよ。三学期に入ってすぐに新人大会の予選があるから、毎晩七時近くまで特訓しててさ」

「待ってる。むしろ沢崎君が帰るくらいの時間の方がいいし」

「わかった」

怜ちゃんは渋い顔で同意してくれた。

これは反対してもどうにもならないな、と、思ったのだろう。

でも結局、その夜はちょっとしたアクシデントが発生して、あたしは告白できなかった。

沢崎君がよろめいて、本棚の上につまれていた本の山を崩してしまったのだ。

あたしたちの上に、どさどさと本が降り積もってくる。

その時、店長さんがかばったのは、あたしでも怜ちゃんでもなく、沢崎君だった。

それが店長さんの答え。

告白しないうちに、わかってしまった。

「まさかこんな形で、その時がおとずれるとは思わなかったな……」

怜ちゃんと二人、帰りの夜道を歩きながらあたしは苦笑いをうかべる。

「何となくわかってた。店長さんにとって、一番大切なのは沢崎君なんだよ」

「あいつ、化けギツネだからね」

怜ちゃんが苦々しく言う。

「いいなぁ。あたしもキツネに生まれたかったなぁ」

半分冗談で、半分本気のつぶやき。

あの人にとっての、一番になりたかった。

そしてひとり占めしたかった。

そんなことは夢のまた夢で、望んじゃいけないことだ。

かなわない望みは、自分を苦しくさせるだけなのだから。

だけど、店長さんにとっての一番が、沢崎君だなんて、恋の神様はなんて意地悪なんだろう。

「でも今年も狐の行列を一緒に歩くことができる。それだけで十分、幸せだよ」

あたしは自分に言いきかせた。

「化けギツネも一緒だけどね」

「そうだね」

あたしたちは同時に笑う。

「春菜は見かけより何倍も優しくて、強くて、頭が良くて、素敵な女の子だよ。誰よりあたしが一番よく知ってる。化けギツネなんかを大事にして、春菜の気持ちに気づかないふりをするなんて、あの男は本当に見る目がないんだから」

怜ちゃんがそっとあたしの肩においてくれた手のぬくもりを、力強い励ましの言葉を、あたしは一生忘れないだろう。

あたしは歯をぎゅっとくいしばって、涙をこらえた。

今日の月もきれいだけど、明日の月はもっときれいだ……。

七

それから半年ほどがすぎた。

飛鳥高校の三年生たちの間で、陰陽屋に進路相談に行くのが大流行した。

同級生の江本君はパティシエになるための専門学校をすすめられ、岡島君はラーメン関係のビジネスにつける商学部や経営学部をすすめられたそうだ。

どちらも納得の進路である。

そしてあたしの、大学で陶芸を勉強したいけど、自信がないという迷いを店長さんは見抜いていた。

トランプ占いにかこつけて、背中を押してくれたのだ。

「信じた道をすすめ、と、占いにはでていますね。本当は、やりたいことがもう決まっているのではありませんか？」

そしてあたしは、芸大の受験を決めたのだった。

やっぱり誰よりも信頼でき、頼りになる人だ。

いつか自分の気持ちをちゃんと言葉にして伝えたい。

答えはきかないでもわかっているけど。

でも沢崎君の家出事件などで陰陽屋はてんやわんやで、告白しそびれているうちに受験シーズンに突入してしまう。

入試が終わったら告白しよう、と、思っていたけど、第一志望の芸大は不合格だった。

初志貫徹で浪人するか、合格した八王子《はちおうじ》の美大にするかの選択を迫られたあたしは、卒業式の後、陰陽屋へ相談に行った。

「お嬢さん、それは占う必要はありません。あなたの心は、もう決まっているはずです」

店長さんは、いつもあたしの心などお見通しだ。

「あたしは……」

「何を迷っているんですか？」

店長さんは、優しい声で、静かに問いかける。

「……王子からはなれたくないんです」

「失礼ながら、お嬢さんは、それほどご両親に執着されているようには思えませんが。親友の倉橋《くらはし》怜さんですか？」

「怜ちゃんもそうです。他にもたくさんの友人が王子にいて……沢崎君もいて……それから」

あたしはひと呼吸おいた。

「店長さんもいて……」

「私ですか？」

あたしは小さくうなずく。

今しかない。

八王子に引っ越してしまったら、もう、そんなに頻繁に王子には来られないのだから。

ぎゅっと両手を握って、なけなしの勇気をふりしぼる。

「ずっと……ずっと、店長さんが好きです」

店長さんは、軽く目を見はった。

あたしの気持ちに気づいていたのか、いなかったのか。

「……好きです……」

緊張でかすかに声がふるえているのを、自分でも止められない。

全身がドキドキと脈打っている。

今にも倒れそうなあたしを前にして、店長さんは、優しくほほえんだ。

「三年まえ、はじめて一緒に、狐の行列で歩いたあの夜から、ずっと、店長さんが好きでした……」

今でも五感に焼きついている。

満天の星の中に浮かんだ瞬間。

ほのかな煙草のにおい。

あたたかな胸と、力強い腕。

至近距離で見る、とびきり素敵な笑顔。

あたしは息をつめて、返事を待つ。

「ありがとうございます」

これ以上はない、極上のほほえみに、甘い声。
それで、それから？
あたしは爪がくいこむほど、自分の手を握りこんだ。
あたしのためだけに書いてくれた、勇気のでるお守りの墨の香り。
胸の奥の想いがはじけて、自分の恋に気づいた瞬間。
迷うたびにお願いした占い。
いくつもの記憶が、星くずのように天から降りそそいでくる。
でも、店長さんはほほえむばかりで、それ以上は何も言わない。
それがあたしの告白への答え。
あたしでは、だめですか？
喉もとまででかかる問いを、押しもどす。
わかっていた。
永遠の片想いだと。
それが確認されただけだ。
「あたし……」

大きく息を吐いた。

「あたし、また、いつか、陰陽屋に来てもいいですか？　困った時とか、迷った時に……」

あたしは目をそらして尋ねる。

「もちろんです」

「よかった……。ありがとうございます」

やっとこれで、すべてをふっきって、王子から巣立つことができる。

永遠に続いてほしかった初恋から、とうとう卒業するのだ。

あたしは心の底からの感謝とともに頭をさげると、立ち上がって、黒く重いドアの外へでた。


「三井！」

階段の途中で、沢崎君に呼び止められた。

聞かれてしまったみたいで、あたしは急に恥ずかしくなる。

「ふられちゃった」

へへっ、と、あたしはおどけた笑いでごまかそうとした。

「でもやっと言えてすっきりした」

さばさばした調子で、肩をすくめてみせようとしたけど、慣れないせいかうまくいかない。

「祥明はさ、女の子を見る目がないんだよ。おれは永遠に三井推しだから！」

「ありがと……う」

沢崎君に励まされて、なぜかあたしの目から涙がこぼれおちた。

「ありがとう……沢崎君」

たぶん、緊張の糸が切れてしまったのだろう。

「いつでもまた陰陽屋へ来てよ。おれはずっと三井のことを応援してるから！　幸せを祈ってるから！　好きだから！　待ってるから！」

沢崎君の言葉に、あたしはびっくりして、目をしばたたく。

「……今、言われても……」

嬉しいよ、嬉しいんだけど、でも。

「そ、そうだよな」

沢崎君は、ふさふさの尻尾をだらんとたらして、しょんぼりする。

いつのまにかあたしの唇から笑みがこぼれていた。

沢崎君の毛なみのようなふわふわした優しさにくるまれて、とてもあたたかな心地がしたから。

「ありがとう。陰陽屋にまた来るね。春休みも、夏休みも、冬休みも。また狐の行列を一緒に歩こう」

「うん、おれ、いつも陰陽屋《こ》で待ってるから！」

最高のエールをありがとう。

あたしはようやく、顔をあげることができた。


その後、あたしは怜ちゃんの部屋で大泣きしてふっきり、すべての想いを王子に閉じ込めて、新しい一歩をふみだした。

幸せな初恋をありがとうございました。

第六夜

魅惑のぽっちゃりガール

一

やわらかな小雨が桜のつぼみを濡らし、早く咲けと催促している春の宵。

森下通り商店街に、かわいい狐のイラスト入り街灯が、ぽつりぽつりとともる。

沢崎瞬太が陰陽屋の店内ではたきをかけていると、三十代半ばの女性が、階段をおりてきた。

はじめてのお客さんだ。

膝まである長いシャツワンピースにレギンスというカジュアルな服装で、リュックを背負っている。

仕事帰りだろうか。

「いらっしゃいませ、陰陽屋へようこそ」

白い狩衣姿の祥明が几帳のかげからでてくると、女性は目を大きく見開いて、その場に釘付けになった。

「占いですか？」

「え、いえ」

女性は祥明の声でハッと我に返る。

「どうもうちの子の体調がすぐれなくて。健康のお守りってありますか？」

「もちろんです。ご病気ですか？」

「それが、原因がよくわからなくて……」

女性の名前は武原結衣子《たけはらゆいこ》。

陰陽屋の近くにあるマンションに家族で住んでいるのだが、三才になる乃々花《ののか》の体重増加の原因がわからず、心配しているのだという。

「お医者さまには、はっきり、メタボ予備軍だと言われました」

「メタボ？　三才で？」

瞬太は驚いて聞き返した。

メタボリックシンドロームといえば、ふつう、中高年の大人がなるイメージだが、三才でなることもあるのか。

「はい。このまま体重が増えつづけると内臓や膝などいろんなところに悪影響がでるから、とにかく食事の量を減らすようにと言われました。あとは運動ですね。といっても散歩くらいしかできませんが」

たしかに三才児が筋トレというわけにもいかないだろう。

「でもおかしいんです。お医者さまに指摘されて以来、かれこれ半年間にわたって、食事の量と内容をきっちり管理してきたのに、体重が減るどころか、むしろ増えているんです」

結衣子と夫はどちらかというと痩せている。

食事管理の方法に間違いがあるとは思えない。

なぜ乃々花だけが着々と太っているのか、不思議で仕方がないのだという。

「たしかに不思議ですね。いくら太りやすい体質だとしても、半年も頑張ってきたのなら、そろそろ効果がでてもよさそうな気はしますが。このこともお医者さまには相談されたんですか？」

祥明の問いに、結衣子はうなずいた。

「もっと食事を減らすしかないって言われました。でももう、以前の半分まで食事の量を減らしているのに、これ以上減らすなんて……」

結衣子は暗い顔でため息をつく。

「申し上げにくいのですが、考えられる要因としては……」

祥明はもったいぶって、胸元で扇をひろげた。

「何ですか!?　何でも言ってください」

「結衣子さんのいない時に、ご主人がこっそり乃々花ちゃんにおやつをあげている、ということはありませんか？　父親というのは、えてして娘のおねだりに弱いものです。しかも乃々花ちゃんは、かわいいさかりの三才ですよね？」

「それはあたしも真っ先に疑って、問いつめたんですけど、夫は絶対におやつなんかあげてないって言ってます」

「他に同居しているご家族は？」

「いえ、あたしと夫と乃々花だけです」

「ふむ」

祥明は扇をとじて、自分の頬をとんとんとたたきながら考えこむ。

「第二の可能性としては、まさかとは思いますが、乃々花ちゃんがこっそり夜中に冷蔵庫などの食べ物をあさっているということはありませんか？」

「それも対策しています。冷蔵庫にはチャイルドロックをつけました。パンや野菜など常温の食料を入れている棚にもです」

「そうですか。大人だとストレスで過食になるということもありますが、三才ですよね？」

「はい。とにかく原因が思いあたらないんです。もう呪われているとしか……。それとも何か悪いものがうちに取り憑いているのか……」

それで思いあまって、陰陽屋に来たということらしい。

「そうですか……。そうなると病気平癒よりは大願成就の護符の方がいいかもしれませんね」

どんな困りごとにも対応できるオールマイティな護符を祥明はすすめた。

「はい、ありがとうございます」

結衣子は同意しながらもため息をつく。

「あの、もしお時間があれば、うちに来て、お祓いをしていただけませんか？　ここから十分かかりません」

「ご祈禱でしたら、店内の祭壇でできますが」

「いえ、乃々花が呪われていないか、あるいはうちのマンションに問題がないか、直接確認していただきたいんです」

「閉店後でしたらうかがえますが」

「かまいません。よろしくお願いします」

結衣子はメモ用紙に住所と電話番号を書くと、頭をさげて去っていった。

二

その日の夜八時ごろ。

少し早めに店じまいして、祥明と瞬太は結衣子のマンションにむかった。

幸い雨はあがっていたので、二人とも仕事着のままである。

なにせ祥明の私服は、雅人からもらったホスト服ばかりなので、どんなに真面目にお祓いをしてもまったくさまにならないのだ。

「乃々花ちゃんの謎の体重増加ってさ、祥明が言った通り、だんなさんがおやつをあげてるか、乃々花ちゃんが盗み食いしてるかのどっちかしかないよな？　そもそもダイエットに失敗する呪いなんて聞いたこともないよ」

祥明の隣を歩きながら、瞬太はぼやいた。

「そんなことはわかっているが、お客さんのたってのご希望だから仕方ない。さっさとお祓いをすませて、上海亭にでも行くさ」

「いいね、おれ今日は味噌バターラーメンの気分だ」

そんな会話をかわしながら歩くこと八分。

結衣子が住んでいるのは、北区役所の近くにたつ新しいマンションだった。

「どうだ？　何か悪い気配はあるか？」

祥明に問われて、瞬太はあっさりと首を横にふった。

「何も変な気配はしないよ。悪い霊も良い霊もいない」

化けギツネなので、何かいたら気配を感じるくらいはできるのだが、このマンションには何もいない。

やはり形ばかりのお祓いをして、上海亭へむかうことになりそうだ。

「わざわざ来てくださって、ありがとうございます」

結衣子は二人をリビングルームに案内した。

「乃々花ちゃん、陰陽屋さんよ」

リビングルームのソファに腰をおろしていた乃々花は、黒い瞳がくりっとした、愛らしい顔立ちをしていた。

大きな花の模様が入ったピンクのセーターを着ている。

「えっ、この子が乃々花ちゃんですか？」

「なんてかわいい……！」

乃々花の愛くるしさに、思わず二人は感嘆の声をあげた。

しかし乃々花の方は、はじめて目にする和服姿の祥明と瞬太を、こわごわ見ている。

「はじめまして、乃々花ちゃん」

祥明が極上のホストスマイルに甘い声で挨拶するが、乃々花は人見知りな性格のようで、結衣子の背後に隠れてしまった。

たしかにぽっちゃり体形だが、短い足でとことこ歩く様子がまたかわいらしい。

結衣子の後ろから、首をかしげ、不思議そうに祥明を見上げる乃々花の姿に、瞬太は気絶しそうになってしまった。

「ちゃんとご挨拶できなくてすみません。どうも男の人は苦手みたいで」

「いえいえ、かまいません」

珍しく祥明は相好を崩し、心底からの笑みをうかべている。

「ところでご主人はどちらに？」

「よんできますね。章弘《あきひろ》さん、ちょっと来て」

結衣子によばれてリビングルームにのっそりと姿をあらわしたのは、むっつりした表情の、四十才くらいの男性だった。

ひょろりと背が高く、やせている。

「陰陽師……か」

章弘は、祥明の狩衣と瞬太の童水干を見て、一瞬、あっけにとられたようだが、すぐにむっつり顔に戻った。

「はじめまして、陰陽屋の店主の安倍祥明です」

「どうも」

「乃々花ちゃんのためにきてもらったの。これからお祓いをしてもらうから、あなたもここにいて」

「お祓い……」

そんなことをして意味があるのか？という疑問が顔に書かれていたが、それを口にだすことはなく、のっそりとソファに腰をおろした。

その隣に乃々花がピタッとくっついて座る。

祥明は陰陽屋から持ってきた御幣《ごへい》や日本酒、米などを並べて簡単な祭壇をしつらえると、得意の祭文をろうろうと唱えはじめた。

今日はもちろん短い方のバージョンだ。

乃々花はびっくりして、リビングルームから逃げ出してしまったが、祥明は途中でやめるわけにもいかず、最後まで唱えきる。

「ありがとうございました」

結衣子はほっとした表情で、祥明に頭をさげた。

「それでは……」

私たちはこれで、と、祥明が言おうとした時。

「ところで、あれがさきほどお話しした、チャイルドロックをつけた冷蔵庫です」

結衣子は右手で冷蔵庫を指し示した。

リビングルームからはカウンターで仕切られたキッチンがほぼ丸見えなのだ。

「念のため冷凍庫や野菜室にもロックをつけました」

「なるほど、これだけしっかりしたロックがついていれば安心ですね。乃々花ちゃんにはあけられないでしょう」

「だといいんですけど……」

結衣子の表情はまだ晴れない。

「呪いも祓っていただいたことだし、これでひと安心したいところですが、念のため、ホームセキュリティカメラをつけた方がいいんじゃないかしらという気がしていて」

なぜ急に冷蔵庫の話なんかはじめたのだろう、と、瞬太はいぶかしく思っていたのだが、要するに防犯カメラを設置する相談をしたかったのだろう。

そもそも防犯カメラの話をするために、お祓いにかこつけて祥明をよんだのかもしれない。

だがいったい何のために？

「子供やペット用の見守りカメラですか？」

「はい。さきほどのお話ではありませんが、夜中はどうしてもあたしたちの目が行き届かないので心配で。ごらんの通り、うちはキッチンが独立していないので、乃々花を立ち入り禁止にすることができないんです。最近では暗がりでも動くものを検知して撮影する高性能な小型カメラが安く買えるみたいですし」

「なるほど、念のためキッチンに一台設置しておけば安心ですね」

「それならいっそ、全部の部屋につければいい」

突然ぼそっと言ったのは、仏頂面の章弘である。

「君は私がこっそり乃々花におやつをあげてるんじゃないかって疑ってるから、そんなことを言うんだろう？　寝室にも、風呂にも、洗面所にも、好きなだけカメラを設置したらいい」

「そ、そういうつもりじゃ」

結衣子はうろたえた様子で否定したが、どうやら図星だったようだ。

「でも、陰陽師さんは夫の意見に賛成なのかしら？」

結衣子は祥明に何か言いたそうな視線を送った。

夫と対立した時、自分の味方をしてもらうために、結衣子は祥明をよんだのか、と、ようやく瞬太も合点がいった。

ダイエットが失敗する呪いを、本気で信じていたわけではなかったようだ。

「ご主人が身の潔白を証明するためにもカメラを設置したいと言われるのであれば、反対する理由はありません。さすがにお風呂は不要だと思いますが。おやつを持ち込むこともできませんからね」

祥明はあたりさわりのない意見を言う。

「じゃあそうしますね」

結衣子はほっとした様子でうなずいた。

三

暖かな春の陽射しが降りそそぐ土曜日の午後。

祥明の幼なじみの槙原秀行《まきはらひでゆき》が、陰陽屋にあらわれた。

「なんだ秀行か」

「安心しろ。今日は客として仕事の依頼に来た。柔道のこども大会があるから、必勝祈願に来てくれないか?」

「断る」

祥明は即答した。

「おいおいヨシアキ、まだ日時も場所も言ってないぞ」

「どうせ場所は槙原家の敷地内にある道場だろう？　そんなところにのこのこでかけたら、母に見つかるに決まっているから、今週も来週も再来週も絶対にだめだ」

安倍家と槙原家は隣同士で、しかも、母の優貴子はなぜか息子の動向に対して異常にカンがはたらくのである。

「安心しろ、優貴子おばさんなら、明後日からハワイだそうだ。何でも友人の旅行ガイドさんに誘われたとか言ってたな」

「ふーん。だがやはり行けないな」

「ちゃんと祈禱料も交通費もだすぞ？」

「金銭の問題じゃない」

「じゃあ何が問題なんだ」

「忙しいから、はるばる国立《くにたち》まででかけてる場合じゃないんだ」

「瞬太君、本当なのか？」

「うん。槙原さんには悪いけど、おれたち、乃々花ちゃんのことで手一杯なんだよ。

実は今日もこれから行くことになってるんだ」

「乃々花ちゃん？」

「お客さんだ。世にも稀な呪いにかかっているのだが、原因がわからない。三日に一度、お祓いに通ってるんだが、まったく効果があらわれないんだ」

「なんとか力になってあげたいんだけど……」

「ヨシアキがそこまで他人に入れこむのを見るのは初めてだな。さてはよほどの美女なのか？」

「絶世の美少女だ」

祥明はうっとりと答える。

「へぇ……。もしかして瞬太君の高校の子？」

「ううん、まだ三才だよ」

「三才の……美少女？」

槙原はおどろいて目をむいた。

「しっかりしろ、ヨシアキ、瞬太君！　三才児の虜《とりこ》になってどうする!?」

「槙原さんは乃々花ちゃんに会ったことないから、そんなこと言うんだよ。ほんっとうにかわいいんだから！」

「かわいい上に、可憐で、上品で、愛くるしいんだ」

「二人とも、何か悪い呪いにでもかかってるんじゃないのか!?　でなければ毒キノコを食べて幻覚を見てるとか」

「失敬な。おれたちは正気だ。秀行こそそんな態度だから、いつまでたっても彼女ができないんだぞ」

「余計なお世話だ。そもそも瞬太君には好きな女の子がいただろう？　三井春菜ちゃんだっけ？」

「それとこれとは別だよ」

瞬太は堂々と胸をはる。

「なんだって!?」

瞬太の態度に槙原は相当衝撃をうけたようだった。

「と、とにかく今日のところは出直すことにする」

「そうしてくれ」

槙原は首をひねりながら、国立へ帰っていった。

「秀行のせいで遅くなってしまったな。乃々花ちゃんが待ってるから、急ごう」

「看板をしまってくるよ」

まだ日没前だというのにさっさと店じまいをすると、二人はいそいそと乃々花の待つマンションへむかったのだった。

四

何度も通った甲斐あって、乃々花ははじめて結衣子と一緒に、玄関まで二人を出迎えてくれた。

今日もくりっとした黒い瞳がとてもかわいらしい。

「何度も来ていただいて、本当にすみません」

結衣子はスリッパをだしながら、頭をさげた。

「どうですか？　乃々花ちゃんの体重は」

「あいかわらずです。毎日一緒にお散歩頑張ってるんですけど、ここ一週間で、また、二百グラムふえてしまいました」

結衣子は悲しそうに目を伏せるが、乃々花はどこ吹く風でにこにこしている。

「そうですか。それで、カメラには何かうつってましたか？」

「いいえ、特にあやしいことはなにも。乃々花がキッチンをうろうろしているところは何度かうつっていましたが、チャイルドロックにはばまれて、あきらめていました」

「ご主人は？」

「おやつをあげている様子はありませんでした」

「当然だ」

いつものようにむっつりした表情の章弘が、部屋からでてきて言った。

「言っただろう？　私は乃々花におやつをあげたことはない」

「わかった！　おやつはあげてないけど、ごはんを食べさせてるとか？」

瞬太は自分ではなかなか冴えたツッコミを入れたつもりだったのだが、章弘の冷ややかな一瞥をくらっただけだった。

祥明もあきれ顔で軽く肩をすくめる。

「乃々花の散歩の時間なので、私はこれで」

「今から!?　もう少し待ってよ！」

瞬太は思わず口走ってしまう。

「天気予報で夜は雨になると言っていたからね。何か問題でも？」

「そういうわけじゃないけど……」

「おやつなら持っていないから安心したまえ」

章弘はあてつけがましくポケットの内側の生地をひっぱりだすと、何も入っていないことを見せつけた。

そもそもこの住居のどこからもおやつの匂いがしないことは、瞬太が化けギツネの嗅覚を駆使して確認ずみである。

無駄に何回も足をはこんだわけではない。

「じゃあ行ってくる」

「乃々花ちゃん、またね」

「しっかり歩いてくるんだよ」

未練がましい目つきで二人に見送られながら、章弘と乃々花は日課の散歩に行ってしまった。

雨を口実にしていたが、二人への嫌がらせかもしれない。

「乃々花ちゃんの散歩はいつもご主人が？」

「平日はあたしなんですけど、土日だけは夫が連れて行ってくれるので、乃々花も楽しみにしているようです。体重は減らないんですけどね……」

結衣子の声にため息がまじる。

「すみません、愚痴になってしまって。今日は祈禱をお願いできますか？」

「いえ、やはり乃々花ちゃんがいるところで祈禱した方が効果があるので、お散歩の後を追ってみます」

「そうですか？　じゃああたしも」

「ではなるべく目立たない、グレーの服に着替えてきていただけますか？　私たちはマンションの前でお待ちしていますので」

「グレーですか？　わかりました」

結衣子はとまどいながらもうなずいた。

五

地味なグレーのチュニックと黒いデニムパンツに結衣子が着替えてくると、三人は追跡を開始した。

「乃々花ちゃんのお散歩ルートはわかりますか？」

「音無親水《おとなししんすい》公園に行くことが多いようです」

「だそうだ。追跡できるか？」

「やってみる」

瞬太はうなずくと、音無親水公園にむかってかけだした。

走りながら、乃々花の声やニオイがしないか、キツネの耳と鼻を全開にする。

音無親水公園は、音無川の両岸を整備してつくった公園なので、細長い。

いったいどのへんを今、歩いているのだろうか。

「すごくかわいいですね！　特にこの大きなお目々がすごくかわいい」

「ありがとうございます」

瞬太の耳があやしげな会話をキャッチした。

これはもしや……。

桜並木に身体をかくしながら瞬太が声のする方に近づいていくと、木製の小さな橋の上にいる、章弘と乃々花を発見した。

瞬太がいる場所からは十メートルほど離れているが、あのかわいらしい姿は間違いなく乃々花だ。

「あら乃々花ちゃん、今日もお散歩？」

何人もの人が、乃々花の愛らしい姿に足を止める。

それは当然だが、この匂いは……。

「やっぱり犯人はだんなさんだったのか！」

瞬太は桜のかげからとびだすと、乃々花のそばまで一気にダッシュした。

持久力はないが、スピードは天下一品なのである。

「えっ!?」

いきなり目の前に瞬太があらわれて、章弘は目をしばたたいた。

「君はいったいどこから……？」

「そんなことはどうでもいい。今、乃々花ちゃんにおやつをあげただろう!?」

瞬太は章弘につめよる。

「お、おやつはあげてないぞ」

「嘘だ！　今、おやつの匂いがした！　おれの鼻はごまかせないぜ！」

瞬太は鼻をヒクヒク動かしてみせた。

「クッ、まるで犬だな」

「違う、キツネだ」

「は？」

「いやそんなことはどうでもいい。おまえ、やっぱり乃々花ちゃんにこっそりおやつを食べさせていたんだな？」

「よく見ろ、私は何も持ってない」

章弘は両手をひろげて、ニヤリと笑う。

「あれ？　でも匂いが……」

「あ、あの、ごめんなさい。乃々花ちゃんはこのおやつが大好きだから……」

手におやつを持っていたのは、乃々花のことを、かわいいとほめまくっていた老婦人だった。

「え、おやつをあげちゃだめなの？」

同じく四十才くらいの女性が、右手のおやつを乃々花にさしだそうとしていた。ちなみに左手は、かわいいトイプードルのリードを握っている。

無言でおやつをそっとポケットに戻したのは、七十才前後の男性だ。

「乃々花ちゃん、まさか、みんなからおやつをもらってたの……!?」

「だから言っただろう。私はおやつをあげていないと」

実は乃々花は散歩中、いろんな人におねだりして、おやつをもらっていた。

章弘はもちろんそのことを知っていたが、黙認していたのである。

「どうして止めてくれなかったの!?　お医者さまに体重を減らすよう厳しく言われたのを知ってるでしょう!?」

ようやく瞬太に追いついた結衣子が、章弘を問い詰めた。

「だってみんなが乃々花のことをかわいいってほめてくれるし、乃々花もおやつをもらって嬉しそうだし、仕方ないだろう」

それまでむっつりしていた章弘は、いきなりニパッと笑った。

鼻の下はビヨーンと伸びきっている。

「章弘さん……!?」

「だってこのかわいい顔で、きゅるんとした表情でおねだりしてくるんだぞ？　だめだなんて言えないだろう。言えるわけがない」

「…………」

すっかり開き直った夫に、結衣子は絶句した。

「それはまあ、ご主人の気持ちもわかりますが……」

「だろう?」

「だろうじゃないわよっ！　このトンチキ亭主っ!!」

結衣子の怒声は、はるか王子駅のホームまで響き渡ったのであった。

六

月曜日。

あれほどきっぱり断られたにもかかわらず、不屈の男、槙原は再び陰陽屋にあらわれた。

「昨日のこども教室で、祈禱は王子の陰陽屋でやってもらうつもりだって言ったら、行きたいっていう子供とお母さんたちが二十人をこえてしまったんだ。一度にこの店に入れそうもないから、二回にわけてもらってもいいかな」

「ああ、うん、どうでもいい」

「どうしたんだ、ヨシアキ。なんだか心ここにあらずというか、気がぬけてるぞ？」

「乃々花ちゃんロスだ……」

祥明は頰杖をついて、嘆息をもらした。

「乃々花ちゃん？　ああ、例の三才の美少女か」

「絶世の美少女だ」

「その絶世の美少女と何かあったのか？」

「まあな」

「祥明が乃々花ちゃんの呪いをといちゃったんだよ……」

いつになく悲しげな声で言い、瞬太もうつむく。

「なんだそりゃ」

あっけにとられる槙原に、祥明がぼそぼそと、ことの顚末を語った。

「それで乃々花ちゃんの体重が落ち着くまで、乃々花ちゃんをご主人が散歩に連れだすのは禁止ということになったそうだ」

「ふーん、なるほど、自分ではおやつをあげていない、か。嘘はついてなかったけど、真っ黒だな」

「ああ。まあ、実は初日から犯人の目星はついていたんだが、真相がはっきりしてしまうと、もう乃々花ちゃんに会えなくなるから、あえて遠回りしてたんだ……」

「おいおい、ずいぶん不誠実な態度だな。だが旦那さんがあやしいって、なんでわかったんだ？」

「乃々花ちゃんが妙にご主人になついていたからな」

「父親になついちゃだめなのか？」

「ふつうはごはんをだしてくれる人に一番なつくものだ。武原家だと結衣子さんだな。だが、乃々花ちゃんは結衣子さん以上にご主人のことが好きらしくて、よくぴったりくっついていた。あのご主人は、煙草とコーヒーのニオイがする上に、声が低い男性であるにもかかわらず、だ」

「いっぱい遊んでくれるとか、何か他に好かれるポイントがあったんじゃないのか？」

「もちろんそれも考えた。だが、散歩に行くとご主人が言った時の、乃々花ちゃんのキラキラした目が……。やはり散歩中に何かもらってるんだな、と、おれに確信させてしまったんだ……。気づきたくなかったのに……」

祥明はすっかりやさぐれた様子で、テーブルにつっぷした。

「だがなんだってその父親は、そんなにしてまで娘におやつをあげたかったんだ？」

「乃々花ちゃんに好かれたかったんだそうだ」

「……………ああ？」

「まあとにかく乃々花ちゃん、かわいいからさ。好かれたいという気持ちも、わからないでもないというか、わかりすぎるというか……」

「おれだったら、きっといっぱいおやつあげちゃうよ」

「おいおい、しっかりしろよ、瞬太君まで。相手は三才児だろう？」

「槙原さんも乃々花ちゃんをひとめ見たら、おれたちの気持ちがわかるよ」

「そんなにすごい美少女なのか」

「うん。そうだ、写真見る?」

「あるのか?」

「最後にとらせてもらったんだ」

瞬太がロッカーからとってきた携帯電話の画像を、槙原に見せた。

「……この子が乃々花ちゃん?」

「うん、くりっとした黒い瞳が最高にかわいいよね」

瞬太の携帯電話の画面にうつっていたのは、たしかにくりっとした黒い瞳に、優しそうな顔立ち、上品な口もとをしていたが。

「……チワワ?」

「うん。チワワってどの子もかわいいけど、ここまでの美少女はそうそういないよ」

「……そうか。三才のチワワか。おれはまたてっきり……」

「てっきり何だと思ってたんだ?」

祥明が意地の悪い問いかけをする。

「もしかして、槙原さんは豆柴派? 豆柴もすごくかわいいよね」

「いや、まあ、うん……」

「でも乃々花ちゃん以上にかわいい子はなかなかいないよ。このぽっちゃりした感じが最高にかわいいよね？」

「あ、ああ、そうかも……？」

「あーあ、乃々花ちゃんにまた会いたいなぁ」

乃々花ちゃんロスが止まらない店主とアルバイト店員に、「この二人、いつのまにか、すっかり息のあうコンビになったんだな」と感心する槙原であった。

第七夜

続・海神別荘

一

気仙沼《けせんぬま》湾に氣嵐《けあらし》がたちこめる季節がきた。

顔をだしたばかりの金色の太陽も、静かな海も、漁船も、鳥も、なにもかもが淡い乳白色のもやにとけこむ。

冬の到来である。


高校二年生の斎藤伸一《さいとうしんいち》は、一応、幸せだった。

秋の芋煮会で告白し、「おともだちから」の交際を開始した同級生の小野寺瑠海《おのでらるみ》とは、すでに三回もデートを重ねている。

一回目は図書館へ、二回目はシャークミュージアムへ。

実のところ、両方とも学校の課題がらみだった。

しかし今日は違う。瑠海がアルバイトをしていたこともある台湾カフェダイニングの海神別荘《かいじんべっそう》で、ついにきた百パーセント純粋なデートである。

もらった割引券の期限が迫っているという事情はさておき、海神別荘からながめる太平洋の群青と、きらめく水平線ほどデートを盛りあげてくれるものはない。おともだちを卒業し、正式な彼氏へと昇格できるのも時間の問題だ。

と、思いたいところだが、残念ながら伸一にはそんなばら色の未来図は予想できていない。

初めて一緒に図書館へ行った時、瑠海から手を握ってくれたので、天にも昇る心地がしたものだが、その後何も進展がないのだ。

そもそも伸一は、月曜日から土曜日まで、バスケ部の練習があるため、デートが可能なのは日曜日のみである。

しかもその貴重な日曜日にも、ちょいちょいバスケの試合が入るのだ。

「ごめんな、来週も練習試合で石巻《いしのまき》へ行くことになってて……。先週も陸前高田《りくぜんたかた》に行ったばかりなのに」

オーナーが気をきかせて用意してくれた窓際の席で、伸一はしょんぼりと頭をさげた。

「わかった」

瑠海はあっさりしたもので、そんなの嫌だなんてごねたりはしない。

「おわびに今日のランチはおれがおごるから、何でも頼んでいいよ！」

「割り勘でいいよ。部活が大変でバイトできないから、お金ないでしょ？」

「うっ」

その通りである。

「公式試合ならともかく、練習試合くらい休めないのかって思ってるかもしれないけど、三年生の先輩たちが部活を引退するから、今、新しいフォーメーションを試しているところなんだ。日によっておれがポイントガードをやったり、駿平《しゅんぺい》がやったりで。あっ、ポイントガードっていうのは……」

伸一は一所懸命バスケの話をする。

瑠海に自分の愛するバスケの良さをわかってほしいというのもあるが、何より、バスケ以外に話題がないのだ。

しかしいつもバスケの話しかしないので、当然、今日も瑠海は退屈そうである。

伸一の話に適当に相づちをうちながら、仙草ゼリーや白きくらげなどを使った台湾スイーツの盛り合わせをせっせと口にはこんでいる。

まずい。

この調子だと、あこがれのファーストキスまで半年、いや一年。

もしかして、何もないまま高校卒業？

いや、最悪、おともだちのまま高校卒業の可能性だってある。

おおいにある。

なんとかしないと……。

伸一の頭の中に、むくむくと最悪の予想図、つまり破局の二文字がわきあがる。

伸一は、見た目はがたいのいい、典型的なバスケットマンなのだが、実はとんでもない心配性で、ハートは限りなく小さいのだ。

そもそもまだ彼氏ですらないのに、破局もへったくれもないのだが、そこはいったん忘れておこう。

とにかくどこかで挽回しないと。

幸い十二月には、修学旅行とクリスマスという二大イベントが待っている。

チャンスはここしかない。

具体的に何をどうすればいいのか、まだ何も思いついていないが、最悪の未来を回避するために全力をつくすぞ。

　伸一は太平洋の青海原に誓ったのであった。

二

男子バスケ部員全員が体育館のバスケットコートに集められたのは、翌日の放課後だった。

「みんなも知っての通り、おれたち三年生は二学期いっぱいで正式に引退する」

居並ぶ三年生たちの顔を見て、伸一は胸が熱くなる。

彼らのユニフォーム姿を見るのもあとわずかだ。

「で、だ。引き継ぎもあるから、なるべく早く新キャプテンと副キャプテンを決めてくれ」

現キャプテンは十人近くいる二年生たちを見回した。

伸一はさりげなく目をそらす。

なにせ今は、瑠海の彼氏に昇格できるかどうかの大事な時期だ。

キャプテンなんかひきうけている場合じゃない。

「誰か立候補するやつはいるか？」

現キャプテンが尋ねるが、誰も手を挙げようとしない。

「なあ、伸一」

伸一の隣にいた駿平が小声で話しかけてきた。

「フェンシング部のキャプテンの三浦《みうら》がさ、瑠海ちゃんにアプローチしてるらしいぜ」

「えっ!?」

思わず伸一は声をあげてしまった。

全員の視線が伸一に集まる。

「すみません、何でもないっす」

伸一は頭をさげた。

フェンシング部の三浦といえば、たしか秋の国体にでたんじゃなかったか？

将来はオリンピックも狙えると言われている優秀な選手で、それより何より、さわやかなハンサムなのである。

なんだってそんなやつが瑠海ちゃんを狙ってるんだ？

いや、もちろん、瑠海ちゃんがかわいいからに決まっている。

まずい。

もたもたしていると、瑠海ちゃんをもっていかれてしまう。

自分もなにか、格好良いところを見せないと……。

だが、どうやって？

「誰もキャプテンに立候補しないのか？　立候補がいないのなら、投票で選ぶことになるが……。どうだ、斎藤、やらないか？　いい経験になるぞ」

まさかの指名に伸一は焦った。

ここはきっぱり断らないと。

と、思ったのだが。

「……やります」

伸一は、震え声で言っていた。

ライバルがフェンシング部のキャプテンなら、自分も男子バスケットボール部のキャプテンになるしかない。

悲壮な決意であった。

他に立候補する者がいなかったため、あっさりと伸一が新キャプテンに決まった。

これで伸一も三浦もキャプテン同士、互角の立場である。

秋の国体にでたフェンシング部と違い、男子バスケットボール部は県大会止まりだが……。

とはいえ、身長は伸一の方が十センチは高い。

間違いなく伸一の勝利だ。

しかし三浦に勝っているのは、身長だけである。

三浦はさわやかなハンサムで、しかも、瑠海と同じクラスだということが判明したのだ。

これはかなりのハンデである。

なにせ午前八時半からほぼ毎日、三浦は瑠海と同じ空間ですごせる上に、もうすぐ修学旅行があるのだ。

しかも。

「斎藤、今週の水曜の昼休みは部長会議があるから忘れるなよ。でもって部長会議の結果は、部員だけじゃなくてコーチやマネージャーにも共有すること」

「は、はい」

といった調子で、キャプテンは思っていた以上に雑用が多い。

このままでは瑠海との時間がどんどん削られていってしまう。

暗い未来しか想像できず、伸一は途方にくれた。

三

やっぱりデートで瑠海の好感度をあげるしかない、と、伸一は初心にかえった。

とはいえ気仙沼には遊園地はもちろん、動物園も映画館もないので、デートコースの選択肢が限られる。

定番はカラオケボックスらしいのだが、瑠海は歌があまり好きではない。

「毎回、海神別荘へ行ったら破産するし、かといって図書館だと話せないし。瑠海ちゃんにつまらない男って思われるかも」

不安に押し潰されかけていた伸一を救ってくれたのは、男子バスケ部の副キャプテンになった駿平だった。

「瑠海ちゃんとスケート行ったらどうだ？」

「スケート？　おれ、寒い場所はあんまり好きじゃないんだけど」

「そのくらい手袋マフラーで我慢しろ。とにかく冬の鉄板デートコースといえばスケートだ」

「そうなのか」

なんだかよくわからないが、彼女いる歴三年をほこる駿平が言うのだから、そういうものなのだろう。

次の日曜日。

伸一は、ダウンジャケットをはじめ、厳重に防寒対策をして、瑠海とともに一関《いちのせき》のアイスアリーナにでかけた。

瑠海の方は、一応マフラーは巻いているが、ニットのチュニックワンピースにマウンテンパーカーという軽装だ。

スケート場の寒さがよくわかっていないのかもしれない。

アイスアリーナにたどりついて、伸一はようやく駿平の真意を理解した。

スケートリンク上のカップルは、ほとんど手をつないでいる。

そして、転びかけた女子をさりげなく男子がささえたり、中にはお互いの腰や肩に手をまわしているカップルもいるではないか。

これだ！

さりげない親密度アップ！

なんて素晴らしいスポーツなんだ。

ありがとうスケート、ありがとう駿平。

伸一はシューズをかりると、がぜん張りきって、氷上におりたった。

いきなり手をつなぐのはあからさまだから、最初は一緒にゆっくりスケートリンクを周回することにする。

「大丈夫？　もしかしてスケートはじめて？」

「うーん、かなり久しぶりだから、ちょっとカンがにぶってるかも……」

瑠海にしては珍しく自信なさそうにしている。

よしよし、と、思ったのもつかのま。

瑠海は勢いよくすべりはじめたのである。

速い。

どういうことだ？

急いで伸一も瑠海の後を追おうとしたが、バランスを崩して、盛大にすっ転んでしまった。

おもいっきり氷に尻を打ちつけてしまって、恥ずかしい上に痛い。

あわてて立ち上がろうとして、再び転んでしまう。

「大丈夫!?」

戻ってきた瑠海が、ザッと音を立てて伸一の前で止まった。

「あ、いや、子供の頃はそこそこすべれたんだけど……」

伸一は恥ずかしさのあまり、顔を真っ赤にして、しどろもどろの言いわけをする。

手足が伸びすぎたせいか、それともスケートが久しぶりすぎるせいか、立ち上がるだけで大変だ。

「あわてないで」

瑠海が両手をさしのべて、伸一をゆっくりひっぱってくれた。

「そうそう、無理に進もうとしないで」

「うん……」

実は瑠海は子供の頃、よくスケートリンクで兄と競走していたのだという。

速いはずだ。

手をつないで一緒にすべるという目的ははたせたが、思っていたのと違いすぎる。

ああ、また彼氏への昇格が一歩遠のいてしまった。

「はあ……」

帰りの大船渡線《おおふなとせん》の座席で、伸一は思わず、大きなため息をついてしまう。

「疲れた？」

「そうじゃなくて……おれ、もっと格好良くエスコートしようと思ってたのに、全然うまくいかなかったから……。ごめん」

伸一が頭をかきながら謝ると、瑠海は驚いて、目を大きくみはった。

「それで落ち込んでるの？」

「うん……。ごめんな、おれ、スケート下手くそで」

「そんなの別に気にしてないから」

瑠海はとまどった様子で言った。

格好良いエスコートなど最初から期待されていなかっただけかもしれないが、それでも、瑠海のたまにしかでない優しい言葉が嬉しすぎる。

「……ありがとう……」

天使だ……！

伸一は涙目で天を仰いだのであった。

四

いよいよ修学旅行が目前に迫ってきた。

行き先は京都・大阪だ。

今年は四泊五日の修学旅行のうち、一日目と二日目が添乗員とまわる大阪観光、三日目と五日目が京都観光、四日目は各班ごとに自由行動となっている。

ホテルのある京都周辺で観光してもいいし、奈良や神戸《こうべ》まで足をのばしてもかまわないことになっているが、一番人気は大阪のテーマパークだ。

伸一としても瑠海とテーマパークで一日遊びたいのはやまやまだが、班単位での行動が原則なのでそうもいかない。

「自由行動の日はどこに行くのかもう決めた？」

海神別荘で、サメ肉の魯肉飯《ルーローファン》を頬張りながら伸一は尋ねた。

「ちょっと遠いけど、奈良まで足をのばそうかって三浦君が」

瑠海はサンマとトマトを使ったさっぱりパスタだ。

「三浦？　フェンシング部の？」

伸一の顔がこわばるが、よくあることなので瑠海は気にしていないようだ。

「うん。同じ班だから」

「へ、へぇ」

なんで三浦と瑠海ちゃんが同じ班なんだよ、ちっくしょう！

伸一は心の中で地団駄ふんで悔しがったが、どうにもならない。

「そっちは？」

「お、おれたちも奈良だよ！　偶然だな。駿平のやつが鹿を餌付けしてみたいとか言っててさ」

「ああ、鹿せんべいあげるの楽しみだね」

「なんかすごいらしいよな」

嘘である。

実はまだ何も決まっていない。

だが、瑠海たちが奈良に行くのであれば、伸一も行くしかない。

三浦が瑠海にちょっかいをだしてこないか、心配すぎるのだ。


翌朝。伸一は早速、修学旅行で同じ班のメンバーに、「自由行動は奈良に行こう」と提案した。

「大阪のテーマパークに行った方が絶対に楽しいに決まってるって」

大反対したのは駿平だ。

しかしここで折れるわけにはいかない。

「いいや奈良だ！　修学旅行なんだから日本史の勉強になる場所へ行こうぜ！　鹿もいっぱいいるから！」

「ええ？　気仙沼にだってニホンカモシカいるし、鹿と似たようなものだろう？」

「だめだテーマパークなんて！　そもそもおれ貧乏だから入園料払えないし！」

「まじか……」

駿平は大阪のテーマパークに未練たらたらだったし、他のメンバーもあまり奈良には興味なさそうだったのだが、伸一は強引にみんなを説き伏せたのだった。

とにかく三浦と瑠海の動向が気になりすぎる。


そうこうしているうちに、ついに修学旅行当日となった。

三日目までは添乗員つきの観光スポットめぐりなので、伸一は瑠海の動向が気になりつつも自由に動きまわることは許されない。

三浦が勝手に瑠海に話しかけたり、荷物を持ったり、同じテーブルで食事をとっているのでは、と、想像しただけで、気絶しそうなくらい心配だ。

いよいよ四日目。

京都から奈良への私鉄、さらに大仏のある東大寺まで、伸一は十メートルほどの距離をとって、さりげなく瑠海たちを追跡した。

ある時はむやみやたらと数が多い鹿を盾にして、またある時は人力車のかげに隠れて。

そのあざやかな尾行は、忍者さながらだった。

しかし大仏殿近くまできた時、急にツカツカと瑠海が伸一に近づいて来たのである。

まずい、気づかれたのか!?

どこかに隠れないと。

伸一は柱のかげにさっと身を隠した。

つもりだったのだが。

「ちょっと来て」

伸一は瑠海に手首をつかまれ、大仏殿の裏手にひっぱっていかれる。

「京都駅からずっとあたしをつけてたよね？　いったいどういうつもり？」

瑠海は両手を腰にあてて、伸一をにらんだ。

「えっ、なんで気づいたの？」

「はあ？　そのでっかい身体が鹿で隠せると思う方がどうかしてるわよ」

「うぐっ」

バスケットマンとしては長身は強力な武器なのだが、隠密行動にはむかなかったようだ。

「だってさ……フェンシング部の三浦と同じ班だっていうから、心配で。あいつの方がおれより全然かっこいいし……」

「たしかに荷物持ってくれたり親切だし、頻繁に話しかけられたりはするけど、でもそれだけだよ？」

「それだけ？　やっぱり三浦は下心ありありじゃないか！　……もうだめだ、おれなんかがかなうわけがない」

伸一はがっくりとうなだれた。

なぜ悪い予感は必ず的中してしまうのだろう。

「いいかげんにしてよ。そんなにあたしが信用できないの？」

瑠海はイラッとした様子で伸一の顔を見上げる。

「だって心配なんだよ！　瑠海ちゃん、すごくかわいいから！」

口をすべらせた後で、伸一は真っ赤になる。

「あ、いや、その……」

伸一は恥ずかしそうに目をそらすと、右手で自分の首をかいた。

「ごめん、おれ、最近バスケ部が忙しくて、あんまり会えてないし……」

「伸一はバスケしてる時が一番かっこいいんだから、余計なこと考えないで、バスケだけしてればいいのよ」

「えっ……？」

「無理にあたしの前でかっこつけようとかするの、全然いらないから。ムダな心配しすぎだし」

「ご、ごめん」

瑠海が頰をふくらませて怒っているので、とにかく謝るしかない。

「言われなきゃそんなこともわからないなんて、ば……ばっかじゃないの!?」

瑠海は、勢いよく、ドン、と、両手を壁についた。

瑠海の両腕に身体をはさまれた形になり、伸一はビクッと身をすくめる。

こんな真っ赤な顔の瑠海は見たことがない。

めっちゃ怒り狂っている。

今日こそ、おれ、ふられるのか？

「る……」

伸一は何か言おうとしたが、つま先立ちした瑠海に唇をふさがれてしまう。

一瞬のできごとだった。

やわらかい、ふわふわした感触が……。

えええええっ!?

い、いま何がおこった……!?

伸一の頭は真っ白になり、全身フリーズ状態で一ミリたりとも動けない。

ただ、首まで赤くなった瑠海がくるりと身をひるがえし、みんなが待っている方に走り去っていくのだけが見えたのだった。

第八夜

京都あやかし綺譚

一

くるおしく蒸し暑い夏の京都。

蝉時雨がこだまする伏見稲荷《ふしみいなり》大社の山中で、大木を背にして倒れ込んでいる少年を見つけた瞬間、鈴村恒晴《すずむらつねはる》は狂喜した。

ついに燐太郎《りんたろう》が帰ってきた！

まだ赤ん坊の頃、母親の呉羽《くれは》が連れ去ってしまった燐太郎の忘れ形見。

いつか必ず、伏見稲荷大社にあらわれると思い、通い続けた甲斐があった。

西の妖狐は、自然と伏見稲荷大社にひきよせられるものだ。

この強くやわらかな気配、燐太郎によく似ている。

顔は残念ながら呉羽似のようだが。

それにしても、こんな山道で倒れているだなんて、熱中症だろうか。

いくら妖狐が夜行性とはいえ、酒に酔ってもいないのに、昼間から道ばたで寝こんだりするとは思えないが。

「おい、君」

恒晴は少年にむかってよびかけた。

「君、大丈夫か？」

声だけでは目をさまさないので、肩をゆさぶる。

「ん……？」

ようやく少年はうっすら目をあけた。

呉羽によく似た、トパーズ色のつり目だ。

化けギツネの証しである縦長の瞳孔に、恒晴はうっとりと見入る。

「気がついた？」

「あ、うん……」

少年はねぼけまなこでうなずく。

まだ意識が混濁《こんだく》しているのか、ぼーっとした表情だ。

「こんなところで倒れるなんて、きっと熱中症だね。でもここに救急車はよべないし、どうしたものかな」

恒晴は心配そうに眉をひそめた。

ようやく会えた燐太郎の忘れ形見を、熱中症なんかで失うわけにはいかない。

こういう時、人間はどうするんだった？

「とりあえず水分補給をしないと」

「えーと……」

少年はとまどった表情をしている。

「冷たいスポーツドリンクありますよ」

恒晴の背後から、親切な母娘連れがペットボトルをさしだした。

いつの間にか、少年と恒晴の周囲には、二十名ほどの人だかりができていたのである。

「大丈夫？」

「歩けるかしら？」

「お茶屋さんまでおんぶしようか？」

口々に心配され、少年はあわてた様子で、ぴょこんと立ち上がった。

「だ、大丈夫だよ、ちょっと、ええと、寝不足で、うたた寝をしてたんだ」

恥ずかしそうに説明しながら、尻についた泥を手ではらう。

顔色も普通だし、どうやら熱中症ではなさそうで、恒晴はほっとした。

それにしても、少年の話し方は関東のイントネーションである。

おそらく東京か、その近郊で育ったのだ。

呉羽は王子稲荷神社を頼ったのかもしれない。

ということは、この少年は東の妖狐。

王子稲荷神社の加護が届かぬ場所に来ているので、力が抜け、こんな山の中で眠り込んでしまったのだな。

「なんだ寝ていただけか」

「びっくりしたわ」

人だかりからどっと笑い声がおきる。

「ど、どうも」

少年はよほど恥ずかしかったのだろう。

人のいない方にむかって、あたふたとかけだしていった。

「あれだけ元気なら大丈夫ね」

少年を心配していた人たちは、千本鳥居めぐりを再開するために歩きだした。

恒晴は、燐太郎の忘れ形見を追いかけてもよかったのだが、今回は見送ることにした。

この状況で後を追って走っても不審がられるだけだし、何より、彼がぴょんと立ち上がった時にただよってきた、シトラスウッディの香り。

あれは、妖怪博士こと山科春記が愛用している、シャネルのオードトワレだ。

やはり自分の予想通り、春記があの少年を捜しだしてきて、手もとに置いているのだろう。

学生として妖怪博士の研究室にもぐりこみ、網をはっていたのは大正解だった。

早くまたあの子と暮らしたい。

だが焦りは禁物だ。

少しずつ、少しずつ、あの子に近づいていこう。

我ら妖狐には人間よりもはるかに長い時間があるし、なにより、僕たちはかたい運命の絆《きずな》で結ばれているはずだから。

恒晴ははやる気持ちをおさえ、稲荷山の坂道をかろやかな足取りでくだりはじめた。

二

その夜、恒晴は燐太郎の夢を見た。

「その美しい琥珀の瞳、もしかして、君、同族か？」

恒晴に声をかけてきた同級生は、きりりとしたつり目で、その瞳は金色をおびて輝き、瞳孔は縦長だった。

名は葛城燐太郎。

一族の頂点にたつ月村颯子《つきむらさつこ》に代々仕える名門葛城家の長男で、強い力をもつ、純血の妖狐である。

妖狐の母と人間の父の間に生まれた半妖の恒晴からしてみると、ほとんど別世界の住人だ。

だが燐太郎は血統や妖力など気にすることなく、ごく自然に恒晴と接してくれた。

それどころか、「この高校で、妖狐は僕たち二人だけだから、助け合おう」と、特別な仲間としてあつかってくれたのだ。

その日から、恒晴にとって燐太郎は、ただひとりの特別な友人になった。

全寮制の高校で、燐太郎と恒晴は、共に学び、共に遊んだ。

一緒に映画館へ行き、海で泳ぎ、かき氷を食べ、将棋をさす。

他の同級生たちが一緒のこともあれば、二人だけのこともある。

穏やかで優しく賢い燐太郎は、人間の同級生たちにも人気があり、いつも人にかこまれていた。

今にして思えば、燐太郎は生まれついての人たらしで、キツネたらしだった。

恒晴や母のように、人間を魅了する力を使えるわけでもないのに、自然とみんなが燐太郎を好きになってしまうのだ。

他校の女子が燐太郎に接近してくることも日常茶飯事だった。

だがそんな時は、恒晴が魅了してしまい、燐太郎に悪い虫がつかないようにしていたのである。

「いいなぁ、恒晴は女子にもてて」

燐太郎は何も気づかず、寮の恒晴の部屋で、尻尾をだしてくつろいでいたものだ。

恒晴にとって、いつしか燐太郎は、友人以上の存在になっていた。

二人の時間は、長く長く続くはずだった。

あの夜、燐太郎が恒晴を助けて、暗い川底に消えていった時、恒晴の時間は凍りついた。

だが、燐太郎は忘れ形見を残してくれた。

大事なあの子と再会し、止まった時間が再び動きだしたのだ。

三

幸運にも次の機会は、意外と早くおとずれた。

丹波橋《たんばばし》の駅前にある文化センターで「山科春記先生が語る平安の京都と妖怪たちの夕べ」という講演会の案内係をしていたところ、あの少年があらわれたのだ。

胸にA４の茶封筒をかかえて、ロビーをうろうろしている。

やはりこの攻略ルートで正解だな。

恒晴は満足げにほほえみながら、少年に近づいた。

「この封筒を春記、山科先生に」

少年は恒晴に封筒を見せながら言う。

忘れ物を届けに家の者が来るから、と、さきほど春記が言っていたが、まさかこの子が来るなんて。

妖怪博士もなかなか気がきくじゃないか。

「ああ、聞いています。先生は楽屋にいらっしゃるので、こちらへどうぞ」

恒晴は五メートルほど廊下を歩いたところで、くるりと振り返った。

「君、伏見稲荷で倒れていた中学生だよね!?」

まるで今思い出したかのような調子で言う。

本当はもう十七才だと知っているが、あえて中学生に間違えてみせた。

「えっ!?」

少年は恒晴のことを覚えていなかったのか、驚いた顔をした。

「僕だよ、僕。倒れていた君をおこした……」

「もしかして、寝ていたおれをおこしてくれた人？」

「そうそう、絶対に熱中症で倒れた人だと思ったのに、寝てたって言うからびっくりしたよ」

恒晴が声をあげて愉快そうに笑うと、少年は恥ずかしそうに顔を赤くした。

なんてかわいらしい子だろう。

「君、山科先生の親戚か何か？」

恒晴は廊下を歩きながら、さりげなく尋ねた。

「ううん、ただの居候だよ」

「へぇ」

思った通り、今は山科家にいるようだ。

「お兄さんはここの職員さん？」

「いや、僕は山科先生が教えている大学の学生だよ。今日はお手伝い」

恒晴は楽屋のドアをノックした。

「先生、資料を持った子が来ましたよ」

「ありがとう、瞬太君。入って」

楽屋から春記の返事がきこえる。

「シュンタ」という名前なのか。

「燐太郎」にくらべると子供っぽい名前だが、かわいらしいこの子にはぴったりかもしれない。

シュンタ、シュンタ。

恒晴は心の中で繰り返した。

しかし楽屋での会話に耳をそばだてていたら、シュンタは、東京に好きな女の子がいるから、二学期がはじまる前に帰りたいらしい。

ほれっぽいのは妖狐の特性なので当然として、やはりシュンタの地元は東京なのだな。

春記はひきとめていたが、シュンタは王子稲荷の加護を受けた東のキツネだ。

いずれはあちらからむかえが来るに違いない。

八月の終わり頃、山科邸からシュンタの匂いが一切しなくなった。

好きな女の子が待つ東京に帰ったのだろう。

いよいよ僕も東京へ行く時が来たようだ。

僕とシュンタの東京での新しい日々。

恒晴は期待に胸をはずませた。

四

九月。

春記の研究室で、東京出張の助手の募集があったので、恒晴は早速志願した。

春記なら必ずシュンタに接触するに違いないからだ。

助手とは名ばかりで、実は春記の荷物持ちだったのだが、そこは想定の範囲内だった。

想定外だったのは、京都駅に行ってみたら、春記の両親もいたことだ。

「山科先生のご両親も一緒に東京へ行くんですか？」

「ああ、言ってなかったっけ」

「はい、あなたはこれね」

いきなり春記の母の蜜子《みつこ》に荷物を渡され、恒晴は驚いた。

すでに春記と父の宣直《のぶなお》も大荷物をかかえている。

なるほど、今回の東京出張で助手を募集したのはそういうことだったのか、と、恒晴は心の中で舌打ちした。

そもそもなぜ出張に両親がついてくるのかと思ったら、蜜子が東京の美魔女コンテストの決勝に出場するのだという。

それでドレスやら着物やらを大量に東京へ持ち込むことにしたらしいのだが、ドレスはともかく、着物一式がおそろしく重い。

「宅配便で送ればよかったのでは……」

思わず心のぼやきが声になってしまい、蜜子にじろりとにらまれる。

「正絹《しょうけん》の着物はしわになりやすいのよ。気をつけてね」

「……はい」

恒晴は新幹線の車内まで大荷物をはこび、網棚にのらないぶんは足もとにつみこんだ。

おかげで男三人はまったく足がのばせない。

しかし春記が四十代だから、その母親は六十をこえているはずなのに、とてもそうは見えない。

人の生き血でもすすっているのではないかという、おそろしい美魔女ぶりである。

要するに、怖い。

幸い蜜子は東京駅からホテルに直行するというので、タクシー乗り場で別れることができた（もちろん新幹線から荷物をおろし、タクシーに積み込むところまではやらされたが）。

やれやれである。

恒晴は春記とともに京浜東北線に乗りかえ、王子にむかった。

いきなり蜜子にこき使われてげんなりしたが、これでようやくシュンタに再会できる！

恒晴の心は蝶のように舞い上がった。

およそ一ヶ月ぶりに会うシュンタは、王子稲荷神社の近くにある陰陽屋という店で、式神のアルバイトをしていた。

牛若丸のような童水干はとてもかわいらしくて、シュンタによく似合っていたが、耳と尻尾をだしっぱなしというあられもない姿で働いているのはいかがなものか。

実にかわいいが、何というか、若干、目のやり場に困る。

大人のキツネは、むやみに人前で耳や尻尾をださないものだ。

呉羽はいったいどういう教育をしているのか。

いや、あのぼんやりした女に、まともな教育などできるはずもない。

自分が育てていればこんなことにはならなかったのに、と、恒晴はひそかに歯がみしてくやしがった。

しかしかわいい。

「こちら鈴村君。京都で会ったよね？」

春記に言われて、シュンタは恒晴にぺこりと頭をさげた。

子供っぽいが、素直で明るい子だ。

会うたびに心が洗われる。

シュンタ少年はとても良かったのだが、陰陽屋という店自体は、実にうさんくさい店だった。

店主の安倍祥明は、名前も見た目も、あやしさ満点である。

なんでも春記の親戚らしいが、ずっと二人は珍妙な漫談をくりひろげていた。

こんな不健全な店でアルバイトをしているだなんて、シュンタは大丈夫だろうか。

どうも心配だ。

その日、恒晴はずっとシュンタを見守っていたかったのだが、春記の命で、国立の安倍家へお伴させられた。

ここは蜜子の実家だという。

現在の当主は、安倍柊一郎という仙人のような長い白髭の老人だ。

蜜子の義弟にあたる人物だが、これまた浮世離れしている。

「鈴村君？　どこかで会ったことはあるかな？」

「いえ、はじめてです」

「ふむ」

物腰は柔らかいが、何もかも見透かすような不思議な眼差しをしていて、恒晴はひどく居心地の悪い思いをした。

用心のため、妖狐としての気配は一切消しておくことにする。

そしてもうひとり、この家には、優貴子というかわった女性がいた。

柊一郎の娘で、春記にとっては従姉にあたるらしいのだが、いちいち言動が奇妙だ。

しかしひどく鋭いところもある。

妙な破壊力を感じさせる、不気味な女性だ。


恒晴は翌日も陰陽屋のシュンタに会いに行きたかったのだが、それは許されなかった。

蜜子の荷物をコンテスト会場まではこぶという重大なミッションをまかされたためだ。

ついでに客席で応援もしろという。

宣直が夜なべしてつくったというハート形の「蜜子」うちわまで渡されて。

もちろん春記も一緒だ。

「いいか、鈴村君。本気で応援するんだぞ」

「山科先生はずいぶんお母さん思いなんですね」

皮肉交じりの恒晴の言葉に、春記は優雅に肩をすくめる。

「もし今年入賞できなかったら、来年もリベンジ出場すると言いだすに決まってるからね」

「なるほど」

「いいか、父が蜜子コールをかけたら、すかさず一緒に立ち上がり、うちわをふりながら三人で叫ぶんだ」

「え」

男三人で客席に並び、ハート形のうちわを両手でふりながら、恒晴はだんだん気が遠くなっていくのを感じた。

なぜ自分がこんな目に……。

ようやくステージ審査が終了したと思ったら、今度は銀座《ぎんざ》へ行くという。

恒晴もショッピングのお伴だ。

はるばる東京まで来たのは、こんなことをするためではなかったはずだが……。

王子、それは近くて遠い、はるかなる聖地だった。

山科家および安倍家の人たちにいろいろ振り回され、疲れはて、這うようにして恒晴は京都に戻った。

東京旅行で唯一の救いは、明るく素直で元気に育っていたシュンタだ。

あの子を陰陽屋なんてうさんくさい店で働かせていては、きっと悪影響がでる。

安倍柊一郎もちょくちょく出入りしているらしいし、優貴子にも目をつけられているようだ。

心配しかない。

やっぱり大事な燐太郎の忘れ形見は、自分が立派な妖狐に育てなければ、と、ひそかに決意をかためる恒晴であった。

第九夜

プリンの秘密

一

もう三月も終わりで、桜も三分咲きなのだが、仲条律子《なかじょうりつこ》は、氷の女王のようないかめしい表情をしていた。

樟脳《しょうのう》の臭いがしみついた古いツイードのスーツに黒い革のパンプス、左手には大きな銀色の保冷バッグをさげている。

「いらっしゃい！　寒かったんじゃない？　すぐにお茶をいれるね」

いつものように瞬太が黄色い提灯をさげて陰陽屋の入り口までかけつけると、律子の表情がいきなりとろけた。

律子にとって瞬太は太陽なのだ。

「ありがとう、瞬太ちゃん。今日もプリンをつくってきたから、紅茶にしてくれる？」

「やった！　ありがとう」

瞬太が几帳の奥にひっこむと、かわりに店主の安倍祥明がでてきた。

「いらっしゃいませ、陰陽屋へようこそ」

白い狩衣に藍青の指貫、つややかな長い髪。

実に典雅なたたずまいの青年である。

「はい、差し入れのプリン」

律子が大きな保冷バッグを渡すと、早速、祥明はテーブルの上に並べていった。

「今日はいつもよりたくさん作ってきてくださったんですね。普通のプリン、抹茶プリン、チョコレートプリンもある」

数えてみたら、全部で十五個もある。

いつもの倍以上だ。

「ついつくりすぎてしまったんですよ。食べきれなかったら、冷蔵庫に……」

「そんな心配はご無用です。キツネ君も私も律子さんのプリンの大ファンですから、ペロリですよ。とはいえ明日の楽しみに、半分とっておくべきでしょうか」

祥明がきれいにテーブルをセッティングし終わった頃、瞬太がお盆に紅茶のカップを三つのせてはこんできた。

「紅茶の味はどうかな？　ばあちゃんに教えてもらった通り、先にカップをあたためたし、時間もはかったよ」

ちょっと前までは紅茶も湯呑みでだしていたのだが、耐えかねた春記がティーセットと高級茶葉を寄贈してくれたのである。

「美味しいわ。本当に紅茶をいれるのが上手になったわね。おかげで嫌なことを忘れられます」

「何かあったの？　だんなさんのこと？」

瞬太が心配そうに尋ねる。

律子の夫は軽度の認知症なのだ。

「主人はあいかわらずよ。調子がいい時もあれば、悪い時もあり。祥明さんのおすすめ通り、デイサービスを利用するようになってからは、だいぶ楽になったわ。おかげで今日も安心してでかけられたんだけど……」

そこまで言うと、律子の表情が険しくなった。

「今日は、杏子《きようこ》ちゃんの公演を見にいったの」

律子のひとり娘の杏子は、女優なのだ。

「お芝居自体は面白かったんだけど、終わってから楽屋にお花を持って行ったら……」

「ま、まさか……？」

瞬太はドキドキして、思わず身を乗りだした。

「若い男の人と、今にも肩がくっつきそうなくらい接近して、イチャイチャおしゃべりしてたのよ！」

「イチャイチャ……」

わかったような、わからないような表現だが、とにかくただならぬ様子だったに違いない。

「それって例の、このまえ会ったっていう十五才年下の大道具係さん？」

「それが、あの大道具係さんとは、先週別れたんですって」

「えっ!?」

杏子が十五才年下の大道具係と交際していることがわかった、と、律子から聞いたのは、わずか十日ほど前のことである。

驚いた瞬太は、あやうく大事なプリンを落としかけた。

二

律子の回想は、十八年と半年間ほどさかのぼる。

当時まだ大学生だった杏子は、恋人の子供を妊娠し、結婚しようとした。

しかし結婚をめぐって父親と大喧嘩になり、家出してしまったのだ。

身重のからだで家出なんて、無茶をしたものである。

思えば杏子は昔から意志が強すぎて、他人の意見には耳をかさず、良く言えば実行力に富み、悪く言えば軽はずみな娘だった。

父親、つまり律子の夫も夫で、あんな娘は勘当だ、と、捜させてもくれない。

その結果、ずっと杏子の行方はわからなかったのだが、三年前、律子の依頼で祥明と瞬太が捜しだしてくれたら、なんと旅の一座で役者をしていたのである。

なんでも想像妊娠だったことが判明し、恋人とは気まずくなって別れ、たまたま家出先で見た大衆演劇に感動したらしい。

ずっと独り身で芸の道を歩んでいた杏子だが、四十才を目前にして、同じ劇団の大道具係と交際していることが発覚した。

なかなか気立ての良さそうな青年だったが、杏子より十五才も年下で、経済力はほぼゼロのようだ。

いずれ結婚するとしても、まだまだ先になるかもしれない。

だがもともと杏子は、好きな男性との子供を産み育てるために家出までしたくらい、子供好きなのである（たぶんだが）。

母としては、まだ妊娠出産も可能な今のうちに結婚した方がいいと娘にすすめるべきだろうか。

しかし先日、祥明に頼んで杏子の運勢を占ってもらったら、結婚生活は苦労の多いものになる、と言われたのが律子の心にはひっかかっている。

だが、相手の青年の生年月日と出生地がわかれば、もっと詳しく占うことができる、とも祥明は言っていた。

もしも彼が円満な家庭に恵まれる運勢だったら、杏子もそれほど苦労しないですむかもしれない。

腕によりをかけてつくった三種類のプリンを差し入れて、彼の口をなめらかにし、生年月日と出生地を聞きだしてやるわ。

律子は大きな保冷バッグにプリンを入れると、決意も新たに、劇場へむかったのだった。

ところがである。

楽屋で杏子と指をからめ、耳たぶに唇をよせていたのは、あの大道具係の好青年ではなかった。

「……杏子ちゃん、この人は?」

「あ、あら、お母さん。お花持ってきてくれたの? ありがとう。この人はうちの劇団の演出家で、大門《おおかど》君よ」

浮気現場を目撃されて、杏子はさすがにばつが悪そうだ。

「杏子ちゃん、あなた、大道具係の彼がいるでしょう」

花を渡しながら、律子は小声で杏子に言った。

「彼とは先週別れたわ」

「えっ!?」

かなり仲が良さそうに見えたのに。

生年月日を聞きだす暇もなく、スピード破局していたとは……！

しかも、もう同じ劇団内の違う男とイチャイチャしているとは、びっくり仰天である。

そもそもつい先月までは、「自分は舞台と結婚してるから男はいらない」なんて格好つけていたのに。

開いた口がふさがらない。

この様子だと、おそらく、杏子が心変わりしたことがきっかけで、大道具係と別れることになったのだろう。

劇団内の人間関係は、杏子のせいでぐちゃぐちゃになっているに違いない。

わが娘ながら、いい年をした大人が何をしてるのだ。

いいかげんにしなさい！

律子は心の中で、娘を怒鳴りつけた。

だが怒りはしたものの、取り乱したりはしなかった。

これまた先日の祥明の占いで、杏子は恋多き女だと言われ、心の準備ができていたからだ。

ここは冷静に、優しく娘をさとさなくては。

間違っても十八年前の、夫と娘の大喧嘩からの家出事件を繰り返してはならない。

「杏子ちゃん、あなたももうすぐ四十才なんだから、いいかげん落ち着きなさいな。結婚しないならしないでいいから、もっと真剣に、仕事にむきあった方がいいんじゃないかしら？　一座の雰囲気を悪くしないように気をつかわないと。大道具係の彼が、劇団をやめたいなんて言いだしたらどうするの」

律子はなるべく穏やかに、何重にもオブラートにつつんだ言い方をしたつもりだった。

ところがこの言葉を聞いたとたん、杏子の顔色がさっとかわったのだ。

すっくと立ち上がり、腕を組んだ。

「お母さんは古すぎなのよ」

「えっ⁉」

いきなりの喧嘩腰に律子は凍りついた。

「そりゃお母さんが若い頃は、仕事か家庭かどちらかを選ぶものだったんだろうけど、今は全然時代が違うんだから、余計な口出しはしないでくれる？　そもそも何十年も専業主婦をしてきたお母さんに、職場の人間関係なんてわかるはずないでしょ⁉」

「きょ、杏子ちゃん⁉」

「お母さんはずっと家庭にしばられてきたから、自由に人生を謳歌しているあたしのことがうらやましいんだろうけど、足をひっぱるのはやめてほしいわ！」

「なっ……！」

あまりに腹が立ったので、差し入れにするつもりだったプリンを持ち帰ったのだった。

三

律子の話に、瞬太はあっけにとられた。

杏子には何度か会ったことがあるが、そんなひどい暴言を母親にぶつけるような人だったとは。

どうりで今日は、いつになくプリンが多かったわけである。

「あの子ってば、誰が毎日おしめをかえて、ミルクをあげて、大きくしてやったと思ってるのかしら！　本当に腹が立つったら！」

律子は怒り心頭で、今にもスプーンを折り曲げてしまいそうな勢いである。

あまりの剣幕におそれをなして、瞬太は言葉がでない。

「それは大変でしたね」

さすが祥明は慣れたもので、うんうん、と、うなずいている。

「まったくですよ。別にあたしは、仕事をやめて家庭に入れなんて言ってるわけじゃないのに。きっとあの子ってば、日本中の主婦が女優にあこがれてるとでも思ってるんですよ、図々しい」

「杏子さんは、小中学生の将来の夢に専業主婦がランクインしていることをご存じないようですね。しかもけっこう上位なんですよ。時代遅れなのは杏子さんの方かもしれません」

「あら、そうなの？」

祥明はさらっと律子の機嫌を直した。

かつての雅人の教えを守り、毎朝、喫茶店で新聞や週刊誌から情報収集しているのが、ちゃんと役に立っているのだ。

「そもそも人として、人間関係に配慮すべきという助言をしただけですから、主婦であろうとなかろうと関係のない話です」

「そうでしょう!?」

わが意を得たり、とばかりに、律子は大きくうなずく。

「あの子ときたら、本当に主人にそっくりの頑固者で、思い込みがはげしくて、喧嘩っ早くて、その上、口も達者だから、手におえなくて。やっぱり瞬太ちゃんみたいな、かわいい男の子がほしかったわ」

いやいや、むしろ口の達者さは律子に似たのではないだろうか、と、瞬太は思ったが、もちろん声にだす勇気はない。

「思い出したらまた腹が立ってきたわ。あんな娘のために、手間暇かけてプリンなんかつくるんじゃなかった。捨ててしまおうかしら」

「絶対だめ！」

瞬太はさっと両腕をのばして、テーブルの上に並ぶプリンをかこいこんだ。

「プリンに罪はないから、ゆるしてあげて！」

必死で瞬太は訴えた。

陰陽屋に持ち込まれたいきさつはともかく、今日も律子のプリンは最高に美味しいのだ。

捨てるなんてとんでもない。

「瞬太ちゃんがそう言うのなら、仕方がないわねぇ」

まったくもう、と、ブツブツ言いながらも、律子の目元はすっかりゆるんでいる。

「これはあくまで私が受けたご相談に限った話ですが、三十八、九才で恋愛や結婚に対して焦る女性が時々おられます。どうも自分が四十才になるのが受け入れられないらしくて。既婚者の方もです」

「そういえばあたしにも、昔、四十才になるのをひどく嫌がっていた友人がいましたね。たしかに彼女も若い頃から恋多き女でした」

「どうも恋愛体質の女性たちは、四十才になり、容姿とともに自分の魅力が衰えるのを危惧しているようです」

「平たく言うと、老けてモテなくなるのが怖いっていうこと？　うちの娘もそのクチなのかしら？」

「そこまではわかりませんが」

「そんなお客さんが来た時、祥明さんは何てアドバイスしてるの？　あきらめが肝心？」

律子の問いに、祥明は極上のホストスマイルをうかべる。

「逆です。四十才から女は本当の女になる、というココ・シャネルの名言を贈ることにしています。シャネルに限らず、フランスでは成熟した女性の魅力が重視され、五十代、六十代と恋愛を重ねて、七十代にして女性の幸福度はピークをむかえるそうです。そのためにも、自分の魅力を磨き続けるのが大切ですね」

「んまあ」

律子は珍しく、目をしばたたいた。

「シャネルに言わせると、律子さんもこれからが人生のピークということになりますね」

「大人をからかうものじゃありません」

いかめしい表情で咳払いをしながらも、唇の端がかすかにゆるんでいる。

「ところで、楽屋にいたその演出家の名前や生年月日はわかりますか？」

律子がすっかり上機嫌になったのをみはからって、祥明は話題を戻した。

ここからが本題である。

「名前はたしか大門って言ってたわ。でも生年月日までは聞く余裕がなくて」

「演出家なら、おそらく一座のホームページに……」

祥明は携帯電話で、一座のホームページを検索した。

「この人ですか？　演出家の大門遼太郎《りょうたろう》」

小さな顔写真を律子に見せる。

「そうそう、この人よ。生年月日ものってる？」

「ここにはのっていませんが、おそらくＳＮＳのプロフィールに……ああ、ありました。大門さんのことを占ってみてもかまいませんか？」

「ええ、もちろん」

祥明は式盤をテーブルにのせ、からりとまわした。

「杏子さんとの相性はいいですね。このまま結婚するかもしれません」

「あらそう」

律子は複雑な表情だ。

「それから、大門さんには、娘が生まれるとでていますよ。実に楽しみですね」

祥明は口もとを扇で隠しつつも、チェシャ猫のような笑みをうかべた。

「孫はもちろん楽しみだけど、女の子だと何かあるの？」

律子はいぶかしげな表情で尋ねる。

「十数年後、きっと杏子さんも、口の達者な娘に文句を言われるんですよ。いわく、お母さんは古いとか、余計な口出しをするなとか、そりゃもう大変な剣幕で、毎日、腹の立つことを言われまくりです」

「あっ」

眼鏡の奥で律子の瞳がキランと光った。

背筋がしゃっきりと伸びる。

「立場逆転ね!?」

「はい。今日、杏子さんが律子さんに言い放った数々の暴言は、将来、ブーメランのように杏子さんを直撃することでしょう」

祥明の言葉に、律子は満面の笑みをたたえた。

「なんだかスッキリしましたよ。この先、杏子ちゃんがまた何か文句を言いたてても、軽く聞き流せそうです」

片方の唇の端に、若干ダークな喜びが刻まれている。

「孫娘が生まれたら、おもいっきりかわいがってあげてください」

「もちろんですよ」

二人は楽しげな笑顔で、うなずきあう。

一件落着、今日もプリンが美味しいなぁ、と、瞬太も大満足だった。


数日後、今度は杏子が陰陽屋にあらわれた。

「先日、母が劇場まで来てくれた日のことを、何か聞いてますか？」

おそるおそる杏子が祥明にきりだす。

「口喧嘩になったそうですね」

「そうなんです。あの時、あたし、舞台が終わった直後だったから、まだ役から抜け切れてなくて、心にもないことを言ってしまいました」

要するに、恋愛体質な上に、喧嘩っ早い女性の役だったようだ。

喧嘩っ早いのは、杏子のもともとの性質でもあるのだが。

「そんなこともあるんですね」

「そうなんです。それにたまたま母が、大道具係の彼がやめたいって言いだしたらどうするの、なんて、痛いところをついてきたので」

「やめたいと言いだしたんですか？」

「……というか、やめてしまったんです」

「なるほど」

「ちょうど落ち込んでたところに、母がしたり顔で追い討ちをかけてきたものですから、つい、カッとしてしまって」

「なるほど、バッドタイミングでしたね。お気持ちはわかります。私も仕事のことで親からあれこれ言われたら、自分で店を持ったこともないくせに、と、イラッとしますからね」

祥明は今度は杏子によりそった。

「ですよね!?」

「こじらせても良いことはありませんし、さっさと謝ることをおすすめします」

「謝りましたよ！　でも、変なんです……」

「何がですか？」

「母はいつも喧嘩した後は、数日間は、機嫌が悪いんですけど、今回は、いいのよ全然気にしてないわ。杏子ちゃんの好きにしたら、って、ニコニコしていて……」

杏子は蒼い顔で、唇をふるわせた。

「その笑顔がもう、怖くて不気味で仕方ないんです！　きっと心の中では、いまだかつてないくらい激怒してるんだと思うんです！　どうしたらいいんでしょうか!?」

「え……いや……」

「お願いします、助けてください！」

「それは……」

返答に窮した祥明の目が泳ぐ。

それは自分の入れ知恵のせいだ、とも言えない。

なるほどこれが言葉のブーメランか、と、納得した瞬太であった。

第十夜

キツネ取材日記　大学生編

（四月二十四日）


この春、僕ははれて大学生となった。

新しい環境、新しい生活、個性的な教授たち、全国津々浦々から集まった同級生たち。

間違いなく刺激的な毎日だ。

でも、なんとなく物足りない気がする。

自分でも何が足りないのかよくわからないが、どうも調子がでない。

これが五月病というものだろうか？（まだ四月だけど）

慣れない電車通学で疲れているせいかもしれないな。

そんなことを考えながら夕方の王子銀座商店街を歩いていたら、本屋の前で、倉橋怜さんとばったりでくわした。

今や都内でもベストテンにはいる女剣士は、長い黒髪をポニーテールに結い、剣道の月刊誌を小脇にかかえている。

「委員長じゃない。久しぶり、っていうほど久しぶりでもないか」

「卒業式からまだ一ヶ月半だからね。体育大学はどう？」

「どうもこうも……」

倉橋さんはくっきりとした眉をひそめた。

よくない兆候だ。

「ちょっと付き合って」

倉橋さんは竹刀を握る力強い手で僕の腕をつかむと、本屋のすぐそばにあるファミレスにむかった。

絶対に嫌だと言えば、はなしてもらえたのかもしれないが、倉橋さんにいったい何がおこっているのか興味をひかれたので、おとなしくついていくことにする。

ひょっとしたら記事のネタが落ちているかもしれないし。

倉橋さんはカレー、サラダ、ロースカツ、そしてドリンクバーを注文し終わると、おもむろに僕にむかってため息をついた。

「あたし、ここのところ調子が悪くて」

「大学になじめないの？」

倉橋さんは人見知りなんかまったくしない性質《たち》だけど、だからといってすぐに体育大学になじめるわけではないだろう。

「春菜ロスよ」

苦々しい口調で倉橋さんは言った。

「春菜のいない学校って生まれてはじめてだけど、まさに灰色。ううん、真っ黒よ。しかも八王子に行っちゃったから、なかなか会えないし」

三井春菜さんは、この春、美大がある八王子に引っ越したのだ。

保育園からずっと一緒だった親友と学校がわかれてしまった上、気軽に遊びに行ける距離でもなくなったのだから、倉橋さんがロスになるのも無理はない。

「うさぎは寂しいと死んじゃうって本当なのかな？」

「それは根拠のない俗説だよ」

「なんだ」

倉橋さんは不満げに唇を尖らせた。

とにかく倉橋さんは寂しいと言いたいのだろう。

「つきなみだけど、剣道にうちこんで寂しさをまぎらわせるしかないんじゃないのかな？」

「それができたらとっくにしてるわよ」

一刀両断である。

ここでうっかり「新しい友だちを作れば」なんて言ったらどんな目にあわされることか。

「そうだよね。どうしようもないってわかってることでも、つらいよね」

ここはひたすら同意するしかない。

「うん。委員長ならあたしの気持ちをわかってくれると思ってた」

それは買いかぶりだ。

倉橋さんはとうとう愚痴をはきだし、追加注文したチョコレートパフェとショートケーキを平らげて、ようやく気がすんだのか、さっぱりした顔で帰って行った。

西空には、茜色の雲がひろがっている。

六時すぎか。

晩ご飯までは、まだ時間があるので、北とぴあの角を曲がり、線路のむこう側にある森下通り商店街まで足をのばすことにした。

陰陽屋へ行ってみると、若草色の童水干を着た沢崎が、階段の途中でほうきを持ったまま目をとじ、身体をゆらゆらさせていた。

ふさふさの尻尾で、上手にバランスをとっているらしい。

なんて場所でうたた寝をしてるんだ。

下手に声をかけたら、びっくりして階段下にころがりおちてしまうかもしれない。

そっと沢崎に近寄り、支えられる位置を確保してから、声をかけた。

「沢崎、おきて。ここで寝るのは危ないよ。沢崎？」

「あれ、委員長？　またおれ寝てた？」

沢崎は恥ずかしそうに笑うと、よだれをふく。

「まえは一日中教室で熟睡してたけど、今は毎朝十一時から夜八時までずっとおきてるから寝不足なんだよ」

待て、沢崎、いったい何時間眠ってるんだ。

心の中でつっこまずにはいられない。

「せっかく陰陽屋の店員にしてもらったんだから、頑張らないと。定時制の授業にはちゃんと行ってるの？」

「行ってるよ！　週に一回だから忘れそうになるけど、祥明がそろそろ行く時間だろうって教えてくれるんだ」

「それなら安心だね。ちゃんと授業中はおきてる？」

「うーん、夜だから、まえよりはおきてるけど、うとうとしちゃうこともあるかな。おれ、やっぱり委員長がいないとだめなんだよ」

そう言って、沢崎が大きなあくびをした瞬間。

これだ、と、僕はひらめいた。

これが足りなかったから、僕はいまいち調子がでなかったんだ。

倉橋さんじゃないけど、僕は沢崎ロスだったのか……！

なるほど。「委員長ならあたしの気持ちをわかってくれると思ってた」と倉橋さんが言うわけだ。

「ひとり暮らしはどう？　引っ越しの荷物はもう片付いた？」

沢崎もこの春、ひとり暮らしをはじめたのである。と言っても、三井さんと違い、引っ越し先はこの近所のアパートなので、いつでも行けるのだが。

「おれ、片付けってどうも苦手で……。気がついたら、いつの間にか寝ちゃってるんだよね。このまえ父さんと母さんがきて片付けてくれたんだけど、いつの間にかまた散らかっててさ。陰陽屋の階段掃除やはたきかけは得意なんだけど、自分の部屋はなぜかだめなんだよ」

「僕も手伝うから、一緒に片付けよう。日曜日は休みだよね？」

「本当に!?　助かるよ」

沢崎の顔がぱっと輝く。

「食事はどうしてるの？」

「朝はギリギリまで寝ていて食べる時間ないから、仕事中、ひまな時にお客さんの差し入れのお菓子をつまんでる。夜は祥明と一緒に上海亭へ行くことが多いかな。夜中にお腹がすいたら、コンビニで買ったおにぎりかパンを食べてる」

「だめだよそれだけじゃ。片付けが終わったら、簡単な料理を教えるね」

「やった！　ありがとう」

金色の西陽《にしび》をあびたふさふさの尻尾が、嬉しそうにゆれる。

沢崎といるだけで癒やされるなぁ。

倉橋さんには申し訳ないけど、僕の不調はあっという間に解決のめどがたってしまったのであった。

（おわり）

あとがき

お待たせしました、陰陽屋シリーズスピンオフ第二弾、「陰陽屋きつね夜話」をお届けします。

今回も陰陽屋シリーズに登場するキャラクターたちのエピソードを十本詰め合わせてみました。

最近「あとがきから読んでしまいました」という方が多いので、ネタバレにならないように気をつけながら語ってみますね。


まずは以前から一番リクエストの多かった祥明のホスト時代。

雅人さん、今回が初イラストとなります。

このあとがきを書いている段階では、まだ白黒のラフスケッチを見せていただいただけなのですが、これがどんなカラーイラストになるのか今からすごく楽しみです。

いつか他のホスト君たちも描いていただける機会があるといいなぁ。

同じくリクエストをいただいていた、柊一郎と篠田の話。

まだ二十四時間営業のファミレスがなかった時代、貧乏学生だった柊一郎は山手線の車内で勉強をしたというくだりがありますが、これは外語大の先輩からきいた逸話を使わせていただきました。

当時中野区にあった地方出身者用の男子学生寮がとにかく寒かったので、山手線で暖をとりつつ勉強していたそうです。

他の路線と違い、山手線は一時間ちょっとでぐるりと一周してもとの駅に戻ってくるため、いろんな意味で使いやすかったのだとか。

たくましい生活の知恵ですね！


瑠海と伸一の気仙沼恋物語の続編と、三井春菜目線の物語は、ともにリクエストをいただいて書いた高校生のラブストーリーですが、対照的な展開になっていますね。

三井さん、我慢強すぎだし、いじらしすぎだし、せつなすぎです。

そして瞬太もがんばれ。

　伸一の無器用ぶりは本当に書いていてもじれったすぎで、「ああもう」ってつっこみたくなりますが、陰陽屋シリーズでは数少ない両想いカップルなので、安心してトラブルをおこせます（こらこら）。

　他にも青柳《あおやぎ》の話、白井《しらい》の話、呉羽と燐太郎の話などのリクエストをいただいているのですが、このへんはどれもせつなくなりそうな予感が……。

　そうだ、青柳は演劇部だから、コイバナじゃなくて「ガラスの仮面」みたいな話にしちゃえばいいのかな？（リクエストした人から「違う、そうじゃない」って苦情がきちゃう予感です）

　沢崎吾郎とみどりの話も、最初は出会い編にしようかなと思っていたのですが、赤ちゃん瞬太もかわいくていいよねぇ、なんて思っているうちにこんな話になりました。

　この頃の吾郎はまだやせていて、髪も真っ黒で、家事能力はあまり高くなかったのかなぁなんて想像しながら書くのも楽しかったです。

　みどりはほとんどかわっていない気が。

むしろ現在より、ふっくらしていたかもしれないですね。

恒晴のスピンオフもいくつかリクエストをいただいたのですが、どこを切り取るかで迷いました。

瞬太との話にするか、春記との話にするか、それとも燐太郎との話にするか。

今回はこんな感じにまとめてみたのですが、いつか燐太郎との話もがっつり書いてみたいですね。

「魅惑のぽっちゃりガール」は「祥明と瞬太の話も一本くらいは……」という四代目編集者I女史からのリクエストで追加しました。

そう、なんと、読者のみなさまからのリクエストがなかった上に、私もころっと忘れていてプロットに入っていなかったのです、へへへ。

軽い小ネタ話ですが、陰陽屋の日常ってこんな感じなんだろうな、というゆるゆる加減を楽しんでいただければ幸いです。

さらに、特にリクエストはなかったのですが、ちょっと書いてみたくなったのが江本と岡島が仲良くなるきっかけの話と、律子のプリン話です。

恋多き女、仲条杏子にはぜひこのまま落ち着くことなく、情熱的な人生を送ってもらいたいですね。

食べ物つながりで思い出しました。今回はさすらいのラーメン職人山田《やまだ》さんの話は、取材時間がたりなくて断念したのですが、これもいつか書いてみたいなぁと思っています。

いろいろリクエストをいただいた中で、これは面白そうだけど大変そう、と思ったのが、「月村颯子の若い頃の話」です。

鎌倉、いや、平安かも？

それこそ殺生石か晴明《せいめい》がでてきそうですよ。

どんな話になるんでしょうね、ふふふ。

さて、近況でも。

昨年春に「よろず占い処　陰陽屋春らんまん」という朗読イベントをなかのZEROで開催していただきました。

早いもので諏訪部順一《すわべじゅんいち》さんに祥明を演じていただいたのも五回目です。

瞬太役の松元恵《まつもとめぐみ》さんには、オーディオブックの朗読も担当していただいているので、PCまたはスマホで「キクボン　陰陽屋」を検索してみてくださいね。

各巻の冒頭を無料試聴できます。

ネコハラは健在で、毎日、膝の上に、リン君（約五キロ）となっちゃん（三キロ半）がかわるがわるのってきます。重いです。

こんな甘えん坊に育てた人の顔が見てみたいですね（自分だ）。

それではみなさま、またスピンオフ第三弾でお目にかかれるのを楽しみにしています。

リクエストも引き続き募集中なので、おハガキやSNS（＊）でお寄せくださいね。

二〇二二年　年の瀬に　　天野頌子

＊ツイッター　＠ＡｍａｎｏＳｙｏｋｏ
インスタグラム　ａｍａｎｏ．ｓｙｏｋｏ
朗読劇や猫に関しては自分メモも兼ねてたまにｎｏｔｅにつづっています

参考文献

『現代・陰陽師入門　プロが教える陰陽道』（高橋圭也／著　朝日ソノラマ発行）
『安倍晴明　謎の大陰陽師とその占術』（藤巻一保／著　学習研究社発行）
『陰陽師列伝　日本史の闇の血脈』（志村有弘／著　学習研究社発行）
『陰陽師――安倍晴明の末裔たち』（荒俣宏／著　集英社発行）
『陰陽道　呪術と鬼神の世界』（鈴木一馨／著　講談社発行）
『陰陽道の本　日本史の闇を貫く秘儀・占術の系譜』（学習研究社発行）
『陰陽道奥義　安倍晴明「式盤」占い』（田口真堂／著　二見書房発行）
『安倍晴明「占事略決」詳解』（松岡秀達／著　岩田書院発行）
『鏡リュウジの占い大事典』（鏡リュウジ／著　説話社発行）
『野ギツネを追って』（D・マクドナルド／著　池田啓／訳　平凡社発行）
『狐狸学入門　キツネとタヌキはなぜ人を化かす?』（今泉忠明／著　講談社発行）
『キツネ村ものがたり　宮城蔵王キツネ村』（松原寛／写真　愛育社発行）

本書は、書き下ろしです。

よろず占《うらな》い処《どころ》 陰陽屋《おんみようや》きつね夜話《やわ》

天野頌子《あまのしようこ》

2023年4月5日初版発行
発行者……………千葉 均
発行所……………株式会社ポプラ社
〒102-8519 東京都千代田区麹町4-2-6
フォーマットデザイン オギクボユウジ(design clopper)
組版・校閲 株式会社鷗来堂
印刷・製本 中央精版印刷株式会社

ポプラ文庫ピュアフル

ホームページ www.poplar.co.jp

N.D.C.913/278p/15cm
ISBN978-4-591-17756-3
P8111352

流され男子と頼れる猫又――
タマさま最強!!

天野頌子
『タマの猫又相談所
花の道は嵐の道』

装画：テクノサマタ

――うちの理生ときたら、高校生になったというのに、泣き虫で弱虫でこまったもんだ。やれやれ、おれがなんとかしてやるか――。
理生の飼い猫タマは、じつは長生きして妖怪化した猫又。流されるままに花道部に入部し、因縁のライバル茶道部との激しい部室争奪戦に巻き込まれてしまった理生を、タマが陰から賢くサポート。大人気「よろず占い処　陰陽屋」シリーズの著者が描く、ほんわかもふもふ学園物語。書き下ろし短編「空の下、屋根の上」を収録。

ポプラ文庫ピュアフルの好評既刊

妖精が見える日本人大学生カイ
雰囲気満点の英国ファンタジー

深沢 仁
『英国幻視の少年たち
ファンタズニック』

装画：ハルカゼ

日本人の大学生皆川海（カイ）は、イギリスに留学し、ウィッツバリーという街に住む叔母の家に居候している。死んだ人の霊が見える目を持つカイはそこで、妖精に遭遇。英国特別幻想取締局の一員であるランスという青年と知り合う。大学の構内で頻繁に貧血で倒れているランスをかまううちに、カイは次第に、幻想事件〝ファンタズニック〟に巻き込まれていく――。

英国の雰囲気豊かに描かれる学園ファンタジー第1巻！

舞台は長崎！　七ツ星稲荷神社の狐像が消えた!?

江本マシメサ
『見習い神主と狐神使のあやかし交渉譚』

装画：Laruha

七ツ星稲荷神社で見習い神主として家業を手伝う水主村勉――通称トムはどこにでもいる普通の高校生。だが、「わし、狐だったんや」という言葉を遺して亡くなった祖父のせいで、トムの平和な日常は脅かされることになる。ある晩、トムがあやかしと呼ばれる不可解な存在に襲われかけたとき、不思議な雰囲気の少女に出会う。彼女は神社入り口にあるペアの狐像の片割れだと言ってきて――。謎の事件に見習い神主とケモミミ神使が挑む！

ポプラ文庫ピュアフルの好評既刊

舞台にかける夢と友情を描いた、
熱い感動の青春演劇バディ・ストーリー！

辻村七子
『僕たちの幕が上がる』

装画：TCB

ある事件をきっかけに芝居ができなくなってしまったアクション俳優の二藤勝は、今をときめく天才演出家・鏡谷カイトから新たな劇の主役に抜擢される。勝は俳優生命をかけて、初めての舞台に挑むことに。さまざまな困難を乗り越えて、勝は劇を成功させることができるのか？鏡谷カイトが勝を選んだ理由とは――？飄々とした実力派俳優、可愛い子役の少年、不真面目な大御所舞台俳優など、個性的な脇役たちも物語に彩を添える！

ポプラ文庫ピュアフルの好評既刊

アルバイト先は妖怪の古道具屋さん!?
取り扱うのは不思議なモノばかり――。

峰守ひろかず
『金沢古妖具屋くらがり堂』

装画：烏羽雨

金沢に転校してきた高校一年生の葛城汀一。街を散策しているときに古道具屋の店先にあった壺を壊してしまい、そこでアルバイトをすることに。……実はこの店は、妖怪たちの道具〝妖具〟を扱う店だった！　主をはじめ、そこで働くクラスメートの時雨も妖怪で、人間たちにまじって暮らしているという。様々な妖怪や妖具と接するうちに、最初は汀一を邪険に扱っていた時雨とも次第に打ち解けていくが……。お人好し転校生×クールな美形妖怪コンビが古都を舞台に大活躍！

平安怪異ミステリー、開幕！

峰守ひろかず

『今昔ばけもの奇譚
五代目晴明と五代目頼光、宇治にて怪事変事に挑むこと』

装画：アオジマイコ

時は平安末期。豪傑として知られる源頼光の子孫・源頼政は、関白より宇治の警護を命じられる。宇治では人魚の肉を食べて不老不死になったという橋姫を名乗る女が、人々に説法してお布施を巻き上げていた。なんとかせよと頼まれた頼政だが、橋姫にあっさり言い負かされてしまう。途方にくれているところに出会ったのは、かの安倍晴明の子孫・安倍泰親だった――。
お人よし若武者と論理派少年陰陽師が数々の怪異事件の謎を解き明かす！

ポプラ文庫ピュアフルの好評既刊

15万部突破のヒット作!!
切なくて儚い、『期限付きの恋』。

森田碧
『余命一年と宣告された僕が、余命半年の君と出会った話』

装画：飴村

高1の冬、早坂秋人は心臓病を患い、余命宣告を受ける。絶望の中、秋人は通院先に入院している桜井春奈と出会う。春奈もまた、重い病気で残りわずかの命だった。秋人は自分の病気のことを隠して彼女と話すようになり、死ぬのが怖くないと言う春奈に興味を持つ。自分はまだ恋をしてもいいのだろうか？　自問しながら過ぎる日々に変化が訪れて……。淡々と描かれるふたりの日常に、儚い美しさと優しさを感じる、究極の純愛。